DU MÊME AUTEUR

Publiés en France

UN SOSIE EN CAVALE — Éd. Le Seuil 1986 — traduit en roumain en 1991
LES ANNÉES VOLÉES — Éd. Le Seuil 1991

Publiés en Roumanie

LE CHEVAL DU DIMANCHE — courts récits — 1968
LA TORTUE ORANGE — roman — 1969
UN NOM POUR CRIER — courts récits — 1970
PIERRES SUR LE RIVAGE — roman — 1972
CERCLE D'AMOUR — roman — 1977
UN HOMME RANGÉ — roman — 1980

L'Arpenteur

Collection dirigée
par Gérard Bourgadier

Oana Orlea

RENCONTRES SUR LE FIL DU RASOIR

Courts récits

GALLIMARD | L'ARPENTEUR

© *Éditions Gallimard*, 2007.

Malgré les jacinthes et les narcisses fleuris qui annoncent l'arrivée du printemps, il pleut désespérément, des cordes d'un gris sale. Après avoir résisté avec héroïsme à une paresse envahissante, j'ai renoncé à tout espoir d'ajouter à mon nouveau roman une seule phrase, si pas remarquable, du moins exempte de stupidité. Avec le sentiment douillet de me laisser aller à un vice acceptable, je me suis glissée, un livre à la main, sous la couette. Sans manifester le moindre déplaisir d'être privés de leurs jeux sur la pelouse, mes deux malinois sont venus me rejoindre, le plus vieux étendu de tout son long à mes côtés, l'autre roulé en boule contre mon épaule. La pluie tambourine sur le toit, il n'est que trois heures de l'après-midi, mais ma chambre mansardée sombre dans le gris de la pluie. Puisque j'étais incapable d'écrire, je devais à mon intellect flageolant de lire ce qu'un autre a mené à terme — passant outre à ses maux de tête, ses crampes dans les jambes à force d'être assis, refoulant ses envies diverses comme : boire, danser, manger, nager, courir, baiser, voler en deltaplane, bronzer, et surtout l'envie de se trouver n'importe où ailleurs, sauf devant sa table de travail.

Ce type, dont je lis le livre, dans une quiétude merveilleuse, coincée entre mes deux malinois, ce type, je l'envie parce que son livre me remplit de bonheur. Et soudain me vient la nostalgie de la foi perdue, de ces années où nous imaginions partout dans le monde, à tous les coins de rue, par monts et par vaux, dans les chaumières et dans les immeubles, dans les usines et dans les champs, entre les sillons labourés, des gens qui attendaient avec impatience de nous lire et, une fois qu'ils nous avaient lus, se retrouvaient illuminés, transformés par la magie des mots. Sans crainte du ridicule, je voyais la brute s'émouvoir devant la souffrance de ses victimes, décrite dans le livre qu'il venait de lire, je la voyais, cette brute, se prendre la tête à deux mains et s'effondrer en pleurs. Les violents se radoucissaient, les lâches devenaient courageux, les fous de pouvoir renonçaient et cédaient la place aux meilleurs, qui eux, miracle, restaient aussi sages qu'ils l'étaient avant, sans jamais devenir des fous du pouvoir. La chasse que nous donnaient les censeurs était peut-être la raison de cette force qui nous habitait et nous faisait croire, dur comme fer, à une mission dont nous aurions été investis.

Il pleut. Nous étions différents de ce que nous sommes devenus aujourd'hui.

Cette remontée d'aigreur m'empêche de lire. Ce n'est pas bien ce que je fais. Le renard qui n'arrive pas aux raisins trop haut placés pour son museau fait la grimace; au fond, se dit-il, malade d'envie, il n'en veut pas de ces raisins, ils sont trop petits, pas mûrs, acides, et avant de s'en aller, il dépose ses crottes autour du pied de vigne. Non, ce n'est pas bien de faire comme le renard.

La pluie s'est transformée en giboulée, il neige sur les jacinthes et sur les forsythias en fleur. Les chiens ont leur respiration de sommeil. Notre paix, même précaire, est parfaite, aussi je n'ai aucun désir de connaître leurs rêves et je me replonge dans la lecture de ce livre qui me remplit de bonheur parce que ses personnages sont aussi libres que nous l'étions dans nos rêves.

Quant à l'écrivain, discret et insaisissable, il se glisse dans mon subconscient et me fait la nique.

Première rencontre

Nous avions beaucoup de choses à nous dire.
Face à face, mains dans les mains, nous nous taisions. Des voyageurs pressés nous bousculaient et, tout en sachant qu'ils ne lèveraient pas le petit doigt pour nous défendre, la chaleur que dégageaient leurs corps réchauffait les nôtres glacés d'effroi.

Nous nous taisions, pourtant notre temps s'était épuisé, le sablier était vide; le retourner n'aurait servi à rien.

Trois femmes en uniforme fendaient la foule en chaloupant vers nous d'une démarche de « gros bras » en colère. Elles se rapprochaient.

— Est-ce qu'elles ont le visage boutonneux? me demanda-t-il, et ce furent les premiers mots prononcés entre nous.

Oui, elles avaient le visage criblé.

— Ce sont les pires, dit-il encore.

Nos mains se sont défaites. Pour les empêcher d'arriver jusqu'à moi, il a fait demi-tour, s'est avancé à leur rencontre.

Je suis montée dans le train à l'instant où il s'ébranlait. L'homme que j'avais aimé de toutes mes forces le temps d'un sablier restait seul sur le quai, menotté, entre deux des femmes en uniforme. La troisième semblait avoir disparu.

Les pires, avait-il dit, mais les pires par rapport à qui d'autre, à quoi?

— Éloignez-vous de la fenêtre.

Avec une telle voix, c'était certainement elle, la troisième.

Je me retournai. Me serrant de près, elle me dominait de toute sa hauteur et de sa largeur. D'un mouvement de tête elle me fit comprendre que je devais aller m'asseoir à ma place. Et y rester.

À travers la vitre, je regardai défiler le paysage d'un pays dont je n'allais plus jamais pouvoir prononcer le nom.

Deuxième rencontre

Dans la maison où j'habite, toute chose commencée finit mal. Je dois la quitter, mais je n'ai nulle part ailleurs où aller et, aussi, je n'en ai plus la force. Il me faudrait un fléchage, un indice, un désir, et comme je n'ai rien de tout cela, je continue à l'habiter.

Je dors beaucoup en appelant de tous mes vœux un rêve qui m'apporterait la solution, pourtant les rêves ne viennent pas, m'échappent ou, s'ils viennent, suivent d'autres cheminements, dont je n'ai que faire. Mais un matin, au réveil, le rêve est là, bien ancré dans mon souvenir de la nuit, une image nette, sans aucune zone d'ombre : dans une petite volière, pas très propre, aux barreaux rongés par la rouille, une clef toute neuve tourne dans une serrure. Cette clef me fascine. Je finis par la chasser, j'ai acquis une certaine technique pour repousser les souvenirs, alors pourquoi pas celui-là ?

Quelques jours plus tard, je découvre dans ma boîte aux lettres une publicité pour appartements en location et je laisse revenir au galop l'image de la clef toute neuve. Je ne trouve aucune signification à la volière rouillée.

Quoi qu'il en soit, je m'habille, me coiffe, me maquille pour la première fois depuis... depuis lors... et je me rends à l'adresse indiquée sur la publicité.

Derrière son bureau, le jeune homme me reçoit avec l'amabilité surfaite du commercial. Il m'amène voir l'appartement et nous concluons l'affaire en un rien de temps. Tout est signé, paraphé.

— Excusez-moi —le jeune commercial m'a offert un mauvais café—, j'avoue être intrigué, car il y a moins d'une semaine que nous avons mis ces appartements en location. Ça vous ennuierait de me dire comment vous en avez été informée?

Je lui dis que j'ai trouvé la pub dans ma boîte aux lettres.

L'air dubitatif, il me demande si j'habite bien à l'adresse figurant sur les formulaires que je viens de remplir. Je confirme. Il consulte son ordinateur.

— Curieux, très curieux, votre quartier n'apparaît pas sur notre planning pour la distribution de publicité.

Il réfléchit, m'épingle de son regard aussi froid qu'un écran d'ordinateur vide :

— Avez-vous vu la personne qui a déposé le dépliant dans votre boîte aux lettres?

Prise de panique —s'il remettait en cause le contrat que je viens de signer?— je dis « oui ».

— Pouvez-vous décrire cette personne? Un homme ou une femme?

Je voudrais décrire l'homme que la mort a défiguré dans mes souvenirs, le décrire tel qu'il était sur toutes les photos que j'ai brûlées, mais je n'y arrive pas. Toutes brûlées, sauf une, celle que je n'ai pas eu le courage de chercher dans les compartiments du portefeuille qu'il m'avait offert pour notre dernier anniversaire de mariage. Comme par miracle, je la trouve et la tends au jeune commercial.

Il hoche la tête, mécontent :

— Cet employé n'en fait qu'à sa tête, il accumule les avertissements, cependant, ajoute-t-il avec son sourire commercial, puisque vous vous connaissez et que nous avons conclu, je ne signalerai pas ce nouvel écart à la discipline.

Je lui demande si je peux emménager le jour même. Il hésite :

— Ce n'est pas courant, il y a des règles.

Quelque chose le trouble, je vois la peur dans ses yeux et dans son empressement à me remettre la clef de ma nouvelle maison, une clef ordinaire sur un anneau ordinaire.

Une heure plus tard, je la fais doucement tourner dans la serrure de la porte peinte en bleu. La brillance de la laque reflète ma silhouette et aussi, me semble-t-il, quelque chose qui se trouve derrière moi...

Je me retourne, le portillon du jardin se referme lentement. Personne. Couchée sur le côté, comme si quelqu'un l'avait déposée à la hâte, au pied d'un arbuste à grandes fleurs rouges dont je ne connais pas le nom, la petite volière, vide.

Troisième rencontre

Les hommes ont des bras musclés, comme des bras de bûcherons, mais ce ne sont pas des bûcherons. Avec une fascination malsaine mon regard s'attarde sur leurs mains : larges, avec des doigts secs ou boudinés, j'imagine facilement la masse de leurs poings quand ils les abattent. Seul l'un d'entre eux ouvre ses doigts en éventail, pliant et dépliant des phalanges fines, pourtant ses mains de musicien ne me rassurent pas. Pantalons et corsages moulés, le verbe haut, les femmes qui les accompagnent dégagent un mélange de féminité exacerbée et de brutalité. Ils boivent beaucoup, rient fort, parlent comme à travers un haut-parleur et brouillent ainsi les conversations des autres convives. Plus d'une douzaine d'enfants, leurs enfants, aussi hautains que les parents, s'égayent sur la pelouse au-dessus de laquelle flotte l'odeur du porcelet embroché, en train de rôtir au barbecue. Je demande à mes voisins qui sont ces gens. Ils me répondent dans un souffle :

— Ce sont les dresseurs !
— Des dresseurs de quoi ?

— De tout, me répondent-ils, avec une nuance de respect dans le ton.

Je reconnais ne pas comprendre. Le jeune homme blond assis à mes côtés qui m'avait été présenté comme étant « gentil, mais un peu autiste sur les bords », sort de son mutisme :

— Les chevaux, les singes, les chiens, les chats, les lions, les panthères, les tigres, les éléphants, les hérissons, les phoques, les rats, les perroquets, les colombes, les crocodiles... — Il reprend sa respiration : — Enfin, toutes les créatures de Dieu, sauf l'homme.

Il secoue la tête comme pour se débarrasser d'une mauvaise pensée. Ses cheveux blonds, presque blancs, — ils semblent éclairés par un rayon de lune —, s'envolent autour de son visage émacié.

Arrivent les premières assiettes, en carton, remplies du porcelet découpé. Je fais passer. Elles se déforment, la sauce dégouline sur nos mains et nous devons les maintenir en équilibre pour empêcher les lanières de couenne croustillante d'aller s'écraser à nos pieds, dans l'herbe. Tous les yeux suivent le cheminement de la viande, même le groupe dominant s'active, daignant à l'occasion adresser la parole aux autres.

D'une voix posée, la voix de celui qui connaît son sujet par cœur, le jeune homme blond ajoute :

— Il va de soi qu'ils sont plus ou moins spécialisés. Le dresseur de lions ne dressera pas forcément une mygale.

Le nez dans mon assiette, j'essaie de me souvenir si un certain concours de circonstances m'a obligée à accepter cette invitation, mais je ne trouve rien qui pourrait expliquer ma présence ici, dans ce jardin sans beauté, assise à une table recouverte de nappes en papier déjà déchirées par endroits.

Les dresseurs se racontent des histoires de chevaux, de singes, de chiens, de putois, de phoques, de chats, de porcelets, qui ont appris à danser, à compter, à pédaler, à jouer à la balle, à tirer la chasse d'eau, à jeter une grenade, à éteindre et à allumer la lumière... Autour de nous les gens tendent l'oreille. Ceux qui sont trop loin et ne captent pas tout s'informent auprès de ceux qui sont plus près : « Alors, comment a-t-il fait ? » Une fois l'explication reçue, certains s'exclament : « Ils sont quand même très forts ! » « Ce sont les meilleurs, l'élite. » « Tout un chacun fait appel à eux. » Le vin coule à flots, insensiblement les uns comme les autres se poussent, resserrent les rangs pour se rapprocher de l'élite. Le jeune homme blond redevenu silencieux et moi nous retrouvons isolés. Dans nos deux assiettes en carton le gras se fige.

Je voudrais lui poser tant de questions, je ne doute pas qu'il saurait me répondre, seulement, au moment de les formuler, elles se dispersent aussitôt, me laissant le goût saumâtre du désespoir.

— Ne t'inquiète donc pas, dit-il, un jour viendra où les dresseurs resteront seuls au monde et se dévoreront entre eux.

— Mais ce sera trop tard, beaucoup trop tard.

Je n'ai jamais vu des yeux ronds et dorés comme les siens. Il secoue à nouveau la tête et ses cheveux partent dans tous les sens :

— Désolé, je n'y peux rien, du moins pas immédiatement, pourtant j'étais venu pour agir, mais ils sont soutenus, trop soutenus.

J'ai enfin une réponse claire à lui poser : « Qui es-tu ? » Une question que j'ai toujours trouvée stupide et sublime en même temps. Je suis prête, j'ouvre la bouche. Il pose son index sur mes lèvres. Un grand silence s'étale autour de nous, tout le monde entendra ce qu'il va dire et il dit :

— Je suis l'Ange.

Des rires fusent, le dresseur aux mains de pianiste se lève, un verre à la main :

— Buvons à la santé des dresseurs d'anges.

Il ne fait aucun geste pour me retenir, le jeune homme aux cheveux couleur de lune. À pas lents, je traverse la pelouse en diagonale. Pour arriver au portail, je dois contourner quelques enfants qui, accroupis dans l'herbe, dressent des dinosaures en plastique à coups d'épingle.

Quatrième rencontre

Une serviette nouée autour des reins, le jeune homme sort de sous la douche et vient poser ses lèvres sur ma nuque. Nous avons fait l'amour toute la nuit.

— Mon père, dit-il, n'a jamais été un bon grimpeur, il a le vertige ou il prétend l'avoir parce qu'il a peur du vide. Je crois qu'il est au courant pour nous deux.

La panique me tombe dessus comme une vague de fond. De qui parle-t-il? Qui est son père? Je me souviens d'un alpiniste, pas de son visage, pas de son nom, seulement de son corps. Je cherche une quelconque ressemblance avec celui du jeune homme, mais les contours du corps que j'ai devant les yeux deviennent flous, s'estompent, le souvenir de l'alpiniste se fait douloureusement précis.

À travers la porte grande ouverte, je fixe mon regard sur le jardin. Les mélanges de couleurs m'apaisent.

— L'alpiniste que j'ai connu a dévissé, il y a des années de cela.

Le jeune homme rit et secoue ses cheveux trop longs qui, cette nuit, balayaient mon visage. Où veut-il m'entraîner?

Je me lève, sors lentement de la maison, empoigne la bêche appuyée à la grange et m'avance dans le jardin. Une pie, tueuse d'oisillons, se balance au sommet du bouleau et je m'inquiète pour la minuscule progéniture du roitelet, blottie dans le nid, sous la tonnelle.

Plus tard, je regagne la maison. Le jeune homme a disparu, nos deux tasses avec un fond de café, aussi. Je les cherche dans l'évier, dans les armoires, et j'en trouve d'autres, d'un modèle différent, avec un dessin différent, mais nulle part celles dans lesquelles je me rappelle avoir versé le café tout à l'heure.

Elles étaient bleues à pois blancs. Une serviette nouée autour des reins, le jeune homme était sorti de sous la douche pour venir poser ses lèvres sur ma nuque. Nous avions fait l'amour toute la nuit...

Cinquième rencontre

Je le vois de profil, les poils de la moustache molle cachent le coin de sa bouche et m'empêchent de deviner les mots qu'il étale sur ses lèvres. Mais avec une acuité d'ouïe étonnante, je les entends, ces mots qu'il prononce :

— Je l'ai remise à sa place.

Le type auquel il parle a les épaules tombantes sous une veste de coupe indéfinie. Il semble prendre des notes. Je suppose qu'il est en train d'écrire : *Il l'a remise à sa place.* Ils parlent de moi, je le sais.

L'éclairage monte, la lumière repousse les zones d'ombre vers les hauteurs de l'amphithéâtre et des sièges de toute sorte apparaissent, des chaises, des fauteuils, des bancs, installés en désordre. Ils nous encerclent. Beaucoup de chaises, en bois ou en plastique moulé, en alu, en osier, en fer, certaines sont belles, d'autres quelconques et d'autres encore hideuses. Les fauteuils aussi sont nombreux, de formes et couleurs variées. Pas mal de faux « voltaire », quelques crapauds, du vrai cuir et du faux cuir, du « design », des fauteuils de grand-mère, avec les oreilles sur le côté, des bascules et un beau fauteuil aux accoudoirs sculptés, recouvert de cuir de Cordoue. Il ressemble à celui que nous avions quand Pierre et moi habitions dans une ancienne salle à manger que le propriétaire avait été obligé, par la loi, de nous céder. Cette ancienne salle à manger dans laquelle nous vivions notre bonheur avait un balcon qui donnait sur une cour intérieure où de temps en temps des employés de la mairie faisaient la chasse aux rats. Nous nous lavions dans l'évier de la cuisine, la salle de bains étant restée du côté du propriétaire qui, lui, en échange, cuisinait au-dessus de sa baignoire. Mais nous, nous avions le fauteuil en cuir de Cordoue que nous aimions par-dessus tout pour sa beauté et pour le personnage qui apparaissait dans le cuir travaillé, un soldat avec casque, lance et bouclier que nous avions surnommé Don Quichotte et qui un jour s'est fendu en deux, laissant apparaître le rembourrage sous le cuir pourri.

Il y a aussi des tabourets hauts ou bas sur pattes, quelques-uns sont en rondins, des bancs de jardin public ou taillés grossièrement... et tout d'un coup entre toutes ces chaises, ces fauteuils, ces tabourets, ces bancs, je *me vois*, je vois mon double qui se promène lentement. Cette femme est calme, bien plus calme que moi, elle est, je dirais, réfléchie, cela se devine à la façon dont elle regarde tous ces objets de formes multiples, destinés à recevoir le postérieur de tout être humain désirant se reposer de la station debout. Elle les regarde sans convoitise et sans mépris, elle s'arrête près d'un petit tabouret vert, avec quelques fleurs des champs peintes sur le siège, elle passe ses mains sur le velours usé d'un fauteuil de grand-mère, s'assoit un instant sur un banc en fer forgé, puis continue son étrange promenade. Mais cette femme cherche sa place ! Mon cœur se serre quand elle s'approche du fauteuil en cuir de Cordoue. J'espère qu'elle ne se trompera pas et qu'elle saura s'y lover avec aisance.

Soudain, je n'ai plus confiance dans son choix et je préfère m'en aller. Elle sera obligée de me suivre.

Ensemble, nous passons près des deux personnages qui se trouvent toujours au centre de l'amphithéâtre. « Je l'ai remise à sa place », dit celui à la moustache molle et l'autre prend des notes.

Sixième rencontre

Noir, une étoile blanche au milieu du front, le cheval se dirige au grand galop droit sur moi. Il ressemble au cheval que je rêvais d'avoir au temps où il m'était interdit de m'approcher des chevaux que j'aimais tant.

Je me plaque contre la porte de la maison. S'il ne change pas de trajectoire dans quelques secondes, nous mourrons emmêlés, je serai le cheval mort et il sera la femme morte. Il fait une embardée en angle droit et repart, laissant la marque de ses sabots dans l'herbe humide. Mon Dieu, qu'il est maigre! Les os à fleur de peau, il me semble les entendre s'entrechoquer. Où trouve-t-il encore la force de s'élancer ventre à terre, comme un mustang?

Je frappe à la porte avec l'affreuse main en bronze destinée à cet usage. Lorsque je suis obligée de rencontrer des gens comme ceux qui viendront m'ouvrir, je suis prête à tout pour leur donner la certitude qu'ils m'ont roulée dans la farine. J'arbore un grand sourire niais et avale sans ciller les mensonges qu'ils me débitent. Je cherche à gagner du temps en espérant trouver un indice.

La femme qui se tient dans l'embrasure de la porte est jeune, plutôt belle. Elle me dévisage avec méfiance. Je laisse couler les mots mielleux entre mes lèvres :

— Désolée de vous déranger, je suis très ennuyée parce que nous avons une plainte concernant des mauvais traitements que vous auriez infligés à votre cheval.

Elle éclate d'un rire forcé :

— Notre cheval! Mais ça fait longtemps que nous n'avons plus de cheval.

Sans dire un mot sur celui que je viens de voir, je reprends, hésitante :

— Excusez-moi, je me suis peut-être trompée d'adresse, pourtant dans la plainte...

La femme se jette sur l'appât :

— Je n'ai rien à faire de leur plainte, ces pourritures feraient mieux de balayer devant leur porte, allez donc voir comment ils traitent le grand-père !

Elle vitupère un moment, mais je sens qu'elle faiblit, elle le sent aussi et appelle son mari, un grand costaud assez sale. Ils me font entrer et me montrent leurs perruches, me parlent de leur amour pour les bêtes, me racontent comment ils se privaient de manger pour nourrir leur cheval, puis la femme me décrit avec force détails comment un jour ils l'ont trouvé mort dans le pré, avec un clou enfoncé dans la tête. Elle pleure, les yeux du mari s'attardent sur mes seins.

Je demande à voir l'écurie et après s'être consultés du regard, ils acceptent. Elle est vide, l'écurie, des vélos et une tondeuse à gazon y sont remisés.

— Quand est-ce qu'il est mort, votre cheval ?

La femme tressaute, comme si j'avais crié. Elle s'affole :

— Dix jours, deux semaines, je ne sais plus.

— Et son cadavre ?

L'homme explose :

— À l'équarrissage, où voulez-vous qu'il soit, dans mon congélateur ?

Et l'homme claque la porte dans mon dos.

D'énormes nids-de-poule criblent le chemin empierré qui mène à la ferme. J'ai laissé ma voiture sur la route. Je marche lentement, de plus en plus lentement. Je voudrais partir au plus vite de cet endroit et en même temps je voudrais y rester. En attente. Attente de quoi ?

Soudain le cheval est derrière moi. Tête baissée, il marche au pas, sa respiration chaude me balaye la nuque. Je veux l'éloigner de cet endroit et je me mets à courir. Il trottine sur mes talons. Nous passons sans nous arrêter devant ma voiture garée sur le bas-côté. Essoufflée, je change de rythme et avance maintenant d'un pas régulier que le cheval emboîte tout naturellement.

Quelques kilomètres me séparent de la ville dans laquelle j'habite un petit deux-pièces au sixième étage d'un immeuble. Nous n'avons aucune raison de nous dépêcher, je dois réfléchir à comment nous allons vivre à deux, à comment et où lui trouver de la nourriture, à comment ramasser le crottin et aussi comment remplir le seau que je dois acheter pour le faire boire.

Je ne me retourne pas. Je sais qu'il est toujours là, derrière moi, que je pourrais facilement le caresser, toucher ses côtes saillantes, toucher l'étoile blanche au milieu du front, avancer ma main entre ses oreilles et doucement, à tâtons, chercher la tête du clou, mais je ne suis pas encore prête.

Par des petits chemins nous contournons la ville dans laquelle j'habitais et nous continuons à avancer en espérant rejoindre les sentiers qui mènent aux pâturages.

Septième rencontre,
autour de la source

Chaque dimanche elle longe les immeubles gris. Mastodontes, ils se suivent à perte de vue. Pour ne pas les voir et ne pas se prendre les pieds dans les innombrables pièges de la rue défoncée, elle fixe le sol.

Chaussée de vieilles baskets, elle avance avec précaution, sur les lattes branlantes jetées au-dessus des tranchées ouvertes par des ouvriers qui se sont ensuite empressés de disparaître à tout jamais. Il lui faut aussi éviter les boîtes de conserve rouillées et les détritus en tout genre : bouts de câbles, fils de fer à moitié enterrés qui se détendent et s'enroulent autour de ses chevilles.

Plus loin, le bitume réapparaît, criblé de nids-de-poule. Par temps de pluie, de rares voitures cahotantes envoient des giclées de boue sur les passants. Par temps sec, leurs roues réveillent des volcans de poussière.

Après avoir escaladé un tas de gravats, elle emprunte le passage aux arcades recouvertes de moisissure, puis débouche sur la place de Marbre. Immense, rutilante de laideur, balayée sans cesse de vents contraires et froids, cette place tant de fois rebaptisée — illusion du changement, sans doute — ne donne à quiconque envie de retenir ses différents noms successifs.

Elle s'essouffle à marcher trop vite sous les réverbères en forme de lys géants, à contourner les fontaines monumentales surchargées de sculptures, fontaines restées à sec, par mesure d'économie.

Devant l'un des grands immeubles de la place de Marbre, elle pousse la porte d'entrée qui, toute neuve, grince déjà sur ses gonds. Dans le hall, trois types marchandent âprement avec un gros bonhomme apeuré...

Elle traverse à toute allure le hall, sort par la porte arrière de l'immeuble et se retrouve dans un désert de démolition.

Quoi de plus beau qu'une ville qui n'existe plus et pour laquelle on peut faire et défaire à son gré l'architecture, l'améliorer à sa propre convenance ! Chaque dimanche elle se le répète. Le souvenir de la ville détruite, à peine troublée par le temps, par les années écoulées, persiste en elle avec tant de force qu'elle en subit le fardeau sans jamais pouvoir se dérober : la Maison des Tilleuls, la Maison du Puits, celle des Deux Chats, la Maison des Iris, de la Louve, le Prieuré, l'Église et ses fresques bleues du quinzième siècle, la Maison des Jumeaux avec son vieux porche, la Maison jaune, la blanche, la rose...

Elle croise des gens. Comme elle, ils marchent lentement sur le faux plat nivelé par les bulldozers. Certains la saluent, d'autres détournent les yeux. Des enfants jouent au foot.

Elle suit maintenant scrupuleusement le sentier qui se

dessine sur la terre malade de dévastation, si je me perds, pense-t-elle, j'ai peu de chances de retrouver la source. Aucun point de repère. Tout a été broyé, écrasé. Les habitants de l'ancienne ville, ceux qui ne se sont pas suicidés, sont encore debout, le sont-ils vraiment ou se traînent-ils à quatre pattes ? Moi-même, je marche à quatre pattes et je me crois debout.

Soudain, la minuscule flaque d'eau est là, à ses pieds, sertie dans la conque de calcaire creusée par la source. À part elle, nul ne semble aujourd'hui s'y intéresser. Peut-être à cause du ciel gris. D'habitude, ils sont nombreux autour de la conque, le bout de leurs chaussures usées touchant l'eau, et n'en finissent pas de raconter : comment le chef des équipes de démolition en personne a dû monter sur le bulldozer parce que ses hommes s'étaient regroupés devant la fontaine et refusaient de passer dessus, tellement elle était belle. Alors lui, il a foncé, son bulldozer tournait en rond comme une machine folle, mordait la terre, brassait la boue et l'eau continuait à jaillir pure sous les chenilles. Pure. Depuis, les spécialistes ont tout essayé, peine perdue : la source revient à la surface.

Elle se penche et regarde l'œil brillant de l'eau. Un léger frémissement se devine dans sa profondeur. Pour être certaine de ne pas se tromper, elle se penche un peu plus. Dorénavant, tout réside dans cet imperceptible frémissement.

Elle n'a pas le temps de voir venir le ballon, mais son sixième sens, aux aguets, l'a prévenue. Elle recule, les éclaboussures d'eau ne la touchent pas. Un ballon, quoi de plus banal, occupe la conque. Il ne reste de la source qu'un anneau trouble.

— Ho! La vieille! Tu ne pourrais pas bouger tes fesses et nous le renvoyer?

Elle craint les enfants nés dans la ville nouvelle, construite pour donner un peuple à la place de Marbre. Elle leur tourne le dos, prend le chemin du retour.

Derrière elle fusent des rires. Pourtant, se dit-elle sans la moindre tristesse, je n'ai que trente ans!

Huitième rencontre

Dans ses bras le bébé babille, rote, bave, s'endort, se réveille et recommence.

Entre nous, une carafe de ce vin rouge, piquant, le vin de toute notre adolescence, dont la saveur se répand dans mes sens à la première gorgée avalée. Nos verres se vident, nous les remplissons.

Je crois qu'elle n'écoute pas ce que je lui dis. Quand je me tais, elle se plaint de ne pas avoir pu acheter le vieux tracteur que des gens ont vendu aux enchères sur la place de la mairie. Dès que le bébé se réveille, elle lui met le biberon entre les lèvres. Il suçote, s'endort à nouveau.

Le bébé calé sur la hanche, elle fait grésiller dans la casserole la viande que, tout à l'heure, j'ai hachée menu. L'odeur de viande grillée me force à lui avouer que j'ai faim.

— Tout le monde a faim : les poules, le cochon, les chats sauvages, les hommes et les femmes.

Je pense savoir où elle veut en venir.

Avec un bruit de cuivres en folie, elle abat le couvercle sur la casserole :

— Tu crois que Dieu a faim?

Ce n'est pas ce que j'attendais d'elle. Elle est revenue s'asseoir devant moi. Je remplis les verres. La table est recouverte des restes de notre dîner à quatre. Nos hommes dorment. Ils ont travaillé dur. Nous aussi, mais nous, nous espérons encore tirer quelque chose de cette journée passée ensemble.

Le bébé se réveille, reçoit son biberon, éternue et se rendort.

Nous attendons toujours, mon amie d'enfance et moi, que le miracle se produise. Quel miracle? Je n'en sais rien. Comme elle, j'attends.

Finalement nous avons vidé la carafe. Nos verres aussi sont vides. Comme je veux l'empêcher de descendre à la cave, elle s'énerve, puis me fait un clin d'œil. Doucement, elle retire le biberon de la bouche de son bébé, essuie la tétine avec la main :

— Goûte, dit-elle en souriant.

Je reconnais le sourire qu'elle avait déjà du temps où nous jouions à la poupée malade.

J'éclate d'un rire forcé. Elle insiste :

— Tu disais que je suis la seule personne au monde en laquelle tu as confiance.

J'ai l'estomac révulsé, mais je veux à tout prix sauver cette soirée ratée. Je prends le biberon et le porte à mes lèvres. Le liquide trouble que j'avais pris pour du jus vitaminé arrive sur ma langue : de l'eau-de-vie à peine sucrée.

Dans ses bras le bébé dort d'un sommeil agité, sommeil d'ivrogne.

D'un geste qu'elle a dû faire maintes fois, elle arrache la tétine du biberon et le vide d'un trait. Des mèches de cheveux lui tombent dans les yeux :

— Qu'est-ce que tu croyais ? Dis, qu'est-ce que tu croyais ?

Neuvième rencontre, au-delà de l'hiver

Nous patinons sur le lac gelé. C'est-à-dire que chacun fait ce qu'il peut pour rester debout. Certains ont de vrais patins, d'autre glissent de façon plus ou moins habile sur la semelle de leurs chaussures, d'autres encore ont fixé des bouts de bois sur leurs chaussettes en laine. Il n'y a pas d'enfants parmi nous, cela semble étrange, seulement des adultes et des vieux. Des vieux costauds et d'incroyables bonnes femmes ridées, fesses tombantes, portant sur leurs crânes déplumés des bonnets multicolores.

Poudrés de blanc, les arbres craquent sous le gel. Entre les nuages gris, des lambeaux de ciel distillent une lumière sans lendemain.

Moi-même je glisse avec aisance sans m'inquiéter de voir revenir ce manque d'équilibre si gênant qui m'avait jadis obligée à renoncer à ma carrière de funambule. À patiner ainsi, sans nous regarder franchement, en nous jetant des coups d'œil furtifs avec des sourires en coin, je comprends que nous attendons quelque chose. Mais quoi ?

La faille s'ouvre sous mes pieds. J'ai juste le temps de

l'éviter en faisant une embardée. Je coupe ainsi la route d'un patineur qui s'apprêtait à me doubler. Il tombe et, porté par son élan, glisse sur une diagonale qui l'envoie directement dans l'eau du lac et au-delà, loin sous la glace. Il disparaît. Je crie, mais des gens me contournent en me faisant des signes furieux. Un homme m'empoigne par le bras et me contraint à continuer ma course sur la glace.

Des enfants vêtus d'anoraks fluorescents mettent quelques barrières autour du lieu où s'est produit l'accident. Une fanfare sortie de nulle part entonne la marche de Radetzky sous les applaudissements des patineurs.

Nous patinons sur le lac gelé. Entre les nuages, des lambeaux de ciel distillent une lumière mauve.

Dixième rencontre

Flanqués de gardes enturbannés, nous avançons sur la route qui n'en finit pas de traverser une sorte de garrigue à peine vallonnée. Cela fait longtemps qu'ils nous ont capturés, mais je ne sais pas si je dois compter en heures ou en jours. Le soleil tape fort à travers la fine couche de nuages grisâtres étalée sur le ciel. La chaleur n'est pas lourde, plutôt coupante. Oui, c'est exactement ce que je me dis : la chaleur est coupante et je ne me dis rien d'autre. D'ailleurs, les autres prisonniers autour de moi semblent vidés de toute pensée, même de celle de la mort. Cependant, nous n'avons aucun doute sur notre sort. La certitude de notre mort prochaine est si forte qu'elle ne laisse plus de place à la peur ou au désespoir.

La fatigue particulière aux très longues marches me fait perdre la notion du temps et de l'espace. Soudain, me voilà agenouillée, à la manière orientale, les fesses reposant sur les talons, les mains jointes, devant un homme assis en tailleur à même le sol. Il porte un turban couleur de terre cuite. Je me vois de dos. Les courbes de mon corps jeune et nu sont plus graciles qu'elles ne l'ont jamais été. La salle immense dans laquelle nous nous trouvons, soutenue par quelques colonnes élancées, baigne dans une lumière ocre, de grand coucher de soleil. Nous ne sommes pas seuls, pourtant les autres prisonniers et les gardes restent invisibles, quelque part dans l'ombre des murs.

Je n'ai pas le souvenir d'avoir été dévêtue de force et je n'ai pas non plus honte d'être nue. L'homme au turban est très près de moi, je sens son souffle sur mon visage. Il m'écoute et je parle en une longue litanie. Les mots s'enchaînent, mais ne semblent pas porteurs de sentiments tragiques, je lui raconte notre voyage et je sais que je le fais avec beaucoup de talent, car il boit mes paroles. Tout est en suspens autour de nous. Je parle, je n'arrête pas de parler.

Plus tard, bien plus tard, ils m'ont relâchée et une fois rentrée chez moi, j'ai essayé de raconter aux miens ce qui m'était arrivé. D'abord, avant même que j'eusse fini ils ont commencé à parler entre eux de plus en plus fort, je crois qu'ils ne m'entendaient plus. Ils secouaient la tête, gesticulaient, l'un d'eux a tapé du poing sur la table. Finalement calmés, ils se sont dirigés vers le guéridon sur lequel était posé un livre. Là encore, pendant un moment j'ai cru qu'ils allaient reprendre leur brouhaha, puis celui qui avait tapé du poing sur la table a dit :

— Je regrette pour toi, tu es hors jeu, c'est... — il a prononcé un nom dont je ne me souviens plus — ... qui a écrit ce livre.

Je me suis mise à pleurer.

Onzième rencontre

L'air est vif, quelqu'un a jeté une sorte de poncho sur mes épaules. La chaleur du tissu m'enveloppe, me donne une sensation de bien-être. Dans l'obscurité qui se dilue, je devine la silhouette de l'homme. Comme moi, il regarde vers la montagne, la crête se dessine sous le ciel pur où monte, changeant à chaque instant, la lumière du jour. Petit à petit, les jeunes troncs d'arbres coupés qui forment l'enclos de la bergerie au milieu de laquelle nous nous trouvons, l'homme et moi, sortent de l'ombre et maintenant je sais que nous sommes là pour attendre les brebis des hauts plateaux.

Je tends l'oreille. Tant d'années ont passé depuis que je n'ai plus perçu le bruit d'un troupeau de brebis en mouvement : martèlement léger, comme celui des gouttes d'une pluie de printemps, des dizaines et des dizaines de sabots, frottement mélodieux de la laine contre la laine, bêlements, clochettes.

J'entends mon cœur qui bat à grands coups. L'homme à mes côtés l'entend aussi. Il reste silencieux ; il en a déjà fait plus qu'il n'en a l'habitude : il m'a demandé de rester auprès de lui quand ceux avec lesquels je suis partie hier en randonnée seront redescendus. Je ne crois pas que cela soit possible.

Au fur et à mesure que le jour se lève et que les détails des crêtes qui nous entourent apparaissent, je les découvre trop ressemblantes à celles que j'ai quittées sans regarder en arrière.

L'homme a bougé. À peine. Il a senti que je suis sur le point de prendre ma décision. Les autres sont sortis de la bergerie où nous avons dormi à même le sol de terre battue. Il dit, sans détourner les yeux de la montagne :

— Attends au moins l'arrivée des brebis, elles ne vont plus tarder.

J'agite la main en direction de l'équipe qui s'engage sur le chemin du retour :

— Je vous rejoindrai bientôt. Peut-être.

Le soleil est sur la crête, sa lumière m'aveugle. Et de loin, tout doucement vient vers nous, se rapproche, de plus en plus, le bruit d'une pluie de printemps.

Douzième rencontre

J'entends des pas. Ils se rapprochent, s'éloignent, se rapprochent à nouveau. Je ne connais plus très bien la topographie de la grande maison familiale et je ne sais pas si ce va-et-vient a une logique quelconque ou si...

Il n'y a pas très longtemps encore, une femme, là-bas, sur les hauts plateaux voulait me vendre des boucles d'oreilles. Sur son étalage, à même le sol, j'avais choisi une paire différente de toutes les autres, pour la plupart en argent ciselé, avec des pierres fines incrustées. Longues, j'ai toujours aimé les boucles d'oreilles longues, elles ont une liberté de mouvement dont les petits clips mesquins, accrochés au lobe avec une sorte d'acharnement, sont complètement dépourvus ; elles effleurent le cou, parfois même les épaules, et donnent de la générosité à la séduction. La femme avait couché dans la paume de sa main la boucle d'oreille : au bout d'une chaînette, un losange transparent — soupçonneuse, je crus d'abord que c'était du plastique — au centre duquel, dans une petite fenêtre découpée en ovale, tremblait la goutte d'un alliage singulier. Plus clair que l'étain, plus délicat, d'une beauté émouvante, trop proche et en même temps trop éloigné des métaux connus. Le losange transparent ne pouvait être que du cristal de roche, tel que je l'imaginais dans ma jeunesse. Infiniment merveilleux avec sa texture de formes géométriques si nombreuses et imbriquées qu'elles échappaient à tout contrôle mathématique. « Combien ? — Vingt-six », m'a répondu la femme. Je n'avais pas de repères dans la monnaie du pays. Elle m'a accordé, sans difficulté, un temps de réflexion, pour aller prendre conseil auprès de ma logeuse. Je suis allée la retrouver dans sa maison en torchis. Avec mon anglais plus qu'hésitant je lui ai demandé : « *How much can I give her ?* » D'un ton agacé elle m'a répondu en français : « Cinquante, il ne faut quand même pas exagérer ! »

Sur le chemin du retour vers le marché où m'attendait la femme, je serrais la boucle d'oreille dans ma main et brusquement je n'étais plus sûre si au départ j'en avais eu une ou deux. Est-ce que pour me laisser le choix la femme ne m'en avait pas donné une deuxième appartenant à une autre paire ? Inquiète, craignant de l'avoir perdue, une fois arrivée, je m'accroupis à côté de la femme et ouvris une main humide à force d'avoir serré la boucle d'oreille en cristal de roche : « *Did you give me one or two ?* » Elle me regarda droit dans les yeux et leva trois doigts : « *Three*, dit-elle, *three*. » C'était évident, elle mentait, sur son étalage la seule boucle d'oreille qui n'avait pas de paire était pareille à celle que je tenais dans ma main. J'étais furieuse et triste et surtout, je sentais que les choses allaient se compliquer.

Par la suite, j'ai dû attendre des mois avant de pouvoir quitter les hauts plateaux.

Le bruit des pas a cessé.
Pourquoi la femme a-t-elle fait cela ?
Il est absurde de croire que les portes et les murs peuvent disparaître. S'effacer, oui. Et encore. J'ouvre brusquement la porte et je me trouve en face d'un homme que je reconnais. C'est l'un de mes anciens gardiens, sauf que maintenant il porte un bonnet. Sans turban il a perdu beaucoup de sa majesté. Sur le pas de la porte, il chancelle.

Treizième rencontre,
sous les cerisiers en fleur

Elle est énorme, drapée d'un tissu violet qui se tend sur les multiples débordements de son corps. Mon regard bute sur cette masse qui interdit tout arrière-plan. Pourtant, derrière l'obèse, le portail semble ouvert. Sur les côtés, d'affreux panneaux en tôle rouillée bloquent la vue. Une affiche annonce les tarifs de la visite.

— Je ne pensais pas que c'était payant.

La femme ne prend pas la peine de me répondre.

On m'avait dit que les cerisiers étaient en fleur et cela fait bien longtemps que je n'ai pas vu un verger en pleine floraison. J'ai arrêté plusieurs passants pour leur demander s'ils connaissaient le chemin, mais ils m'ont regardée d'un air morne : « Les cerisiers seraient en fleur ? » L'un d'entre eux m'a lancé : « Ça, ça m'étonnerait ! » Finalement, un vieux monsieur m'a renseignée, puis, hésitant, il a ajouté : « Vous ne devriez pas y aller, vous en reviendrez malade. » J'étais déjà loin. À la sortie du bourg, j'ai trouvé le fléchage. « Le verger éternel. »

Le temps que je compte mes sous, la femme se met en mouvement en faisant trembler ses chairs et je me faufile dans le passage étroit qu'elle a bien voulu m'octroyer.

— Bonne visite! crie-t-elle, dans mon dos.

Je fais quelques pas et mes yeux se remplissent de larmes. J'aime pleurer de joie. Les cerisiers sont en fleur, à perte de vue, leurs branches sont couvertes d'une dentelle de pétales, un parfum léger flotte autour de moi. J'avance et la beauté m'accompagne. L'herbe sous mes pieds est émaillée de boutons-d'or. Avec le chant des oiseaux dans les oreilles, je continue à marcher sous les arbres étincelants. Puis, brutalement, c'est fini. Impossible d'aller plus loin. Des panneaux en tôle, les mêmes qu'à l'entrée, mais recouverts de cerisiers peints en trompe l'œil, me barrent le passage. La rouille perce. Je me retourne, depuis l'entrée je n'ai pas dû parcourir plus de quelques dizaines de mètres. Ma joie se fracasse contre les panneaux. Dans ma bouche — un goût de rouille.

Je reviens sur mes pas, mes yeux sont secs à présent, pourtant je ne vois aucun pétale flotter dans l'air. Je touche les fleurs sur les branches les plus basses. Elles sont rêches, des pétales artificiels, des cerisiers artificiels, qui fleurissent sur des faux troncs plantés dans un faux verger.

Un peu plus loin j'aperçois, sous l'un des cerisiers, des visiteurs assis sur l'herbe, en train de pique-niquer. Deux femmes et une petite fille vêtue de rouge, toutes trois mordent à pleines dents dans de gros sandwiches. À côté d'elles, un homme boit au goulot d'une bouteille et le vin qu'il boit je le voudrais, fruité, dans ma bouche sèche. Je dois les prévenir qu'ils sont assis à l'ombre d'un faux cerisier qui jamais ne perdra ses fleurs et jamais non plus ne donnera de fruits. Je dois. Je peine à courir vers eux entre ces rangées d'objets qui font semblant d'être des arbres, je peine, le souffle de plus en plus court, comme si je courais sur un tapis roulant réglé à une vitesse insoutenable.

Les deux femmes et la petite fille vêtue de rouge qui mordent dans leurs sandwiches confectionnés avec les toutes dernières matières en vogue pour les imitations de produits alimentaires, ainsi que l'homme biberonnant sa bouteille vide, ne me prêtent aucune attention. Épuisée, je m'écroule au milieu de cette famille de mannequins. Bien arrimés, ils tiennent le choc, ils s'en fichent de connaître ou de ne pas connaître la vérité. Je les enlace, poussée par une affection trouble. J'étouffe.

Quatorzième rencontre

Da... Daaaa...
Je tends l'oreille. Je me veux oreille absolue, ouïe affinée, allant au-devant des sons avant même qu'ils ne soient émis. Malheureusement, je ne peux imaginer qu'une oreille d'éléphant dont je me vois affublée, feuille de chou universelle, merveilleux dessin de nervures visibles en transparence, beauté d'oriflamme, il me semble qu'elle va et vient au-dessus des lèvres de l'homme que je tiens dans mes bras, sans trop savoir ce que je devrais en faire. Ce n'est plus un homme pour l'amour, plus un homme de violence, plus une cible possible pour un règlement de compte en beauté. Ses lèvres amères se refusent à l'aveu de l'agonie. Elles se sont resserrées, tout se passe de l'autre côté, là où les mots se bousculent avant d'aller à la rencontre d'une oreille prête à les happer, de mon oreille, énorme, se mouvant avec grâce. Mais peut-être chasse-t-elle les mots qui voudraient s'agglutiner, comme un mouchoir chasserait les mouches sur les lèvres du mourant. Je crains les mouches. Pourtant l'homme n'est pas mort. Sous ma

main posée là où je crois savoir que se trouve le cœur, je sens le martèlement d'une cavalcade. Si c'était le martèlement des sabots de brebis en route pour les hauts alpages, il aurait probablement encore des chances. Mais dans sa poitrine une bande de souris débridées jouent à chat perché.

Il n'est pas mort. Il va mourir. Brusquement, je la désire cette mort. Je n'en veux pas de ses messages codés, de cette transmission de secret. Qu'il parte là où il doit partir. Là où il voulait partir ou ne voulait pas, sans pour autant refuser la mission qui est la sienne.

Quelle est sa mission et combien d'années me faudrait-il vivre avant de trouver réponse à cette question ?

... *daaaa... da* : *oui* en roumain et en russe et aussi en d'autres langues.

Oui quoi ?

La boucle d'oreille avec son losange en pierre de roche, précieusement gardée, je n'en ai plus rien à faire, je l'enterrerai avec lui. De toute façon, à mon âge porter une seule boucle d'oreille doit avoir une signification précise. Je ne veux pas dire par là que les autres doivent nécessairement comprendre le sens de cette unique boucle d'oreille accrochée à un lobe fatigué, distendu, mais bien qu'elle doit faire partie d'un tout, et moi je ne détiens plus tous les fragments de l'ensemble. Perdus, mélangés, usés, il en résulterait un assemblage erroné.

Quand l'homme sera mort je devrai trouver un moyen quelconque pour me débarrasser de son cadavre, le traîner, les cadavres il faut toujours les traîner à un moment ou à un autre. Mais où ? Ce type est en train de rendre l'âme dans ma maison familiale qui est, depuis des années, livrée à la merci de mes frères et de leurs épouses, puisque moi-même je suis toujours ailleurs. Je n'ai aucune idée de l'endroit où je pourrais le traîner afin de lui accorder un moment de répit, le temps que son âme s'éloigne des joies et des tristesses de cette terre. Les caves ne sont plus sûres, les greniers deviennent dangereux, il y a toujours des tireurs embusqués.

Le plus simple serait de m'en aller et de le laisser couché sur les dalles. Mourir couché sur les dalles, cela devrait lui convenir.

Da, il a dit *oui*. *Oui*, quoi?

Je referme la main de l'homme sur la boucle d'oreille et sur mon illusion d'avoir enfin vu le cristal de roche, tel qu'enfant je l'imaginais. Dans sa poitrine il n'y a plus grand monde qui pédale. Tout doucement je lui enlève son bonnet. Presque aussitôt je le regrette. Il est si jeune sans bonnet. Ses cheveux, légèrement gras, bouclent sauvagement dès que j'y passe mes doigts. Je voudrais voir ses yeux, pourtant je m'en irai avant qu'il ne les ouvre pour la dernière fois. Je lui soulève la tête et glisse le bonnet sous sa nuque. Il sourit. À moi, à son Dieu ou à ses supérieurs? Si cette dernière hypothèse est la bonne, à peine revenue d'un long voyage, je devrais fuir sans tarder. Mes frères et leurs épouses seraient-ils capables de l'avoir embauché pour me prouver, à tout prix, que rien ne vaut la peine d'être vécu puisque tout est mensonge?

Da... da...

Quinzième rencontre

Je me suis retournée. Le brouillard descendait en nappe la pente douce de la falaise et avançait rapidement, précédé par un souffle froid sous la morsure duquel j'ai senti se contracter les muscles de mon dos. Il me sembla voir leur dessin apparent sous la peau, il donnait une belle ligne au torse de la femme accroupie au bord de l'eau, cette femme que j'étais. *Mon* regard s'attardait sur moi avec une certaine complaisance : « pas mal », me disais-je. Quand je le fis enfin glisser vers la droite pour surveiller la nappe aussi grise qu'un nuage de pluie, il était déjà trop tard. Glaciale, elle me tomba dessus, et l'image de celle que j'étais au-delà de moi-même, cette femme accroupie avec son dos minutieusement sculpté, disparut. J'essayais de retrouver la ligne de la mer, l'eau était, je le savais, tout près, devant moi, mais je ne la voyais plus et je restais, gelée, à fixer la grisaille qui m'enserrait.

Le pêcheur est apparu d'un seul coup, c'était un pêcheur, sans aucun doute. Pourtant pas d'épuisette, pas de ligne, pas d'attirail quelconque, seul un ciré orange parsemé d'écailles bleutées. Il m'a dit :

— Viens, tu ne peux pas rester là.

Nous n'avons pas marché longtemps avant que se dessine devant nous, juchée sur des pilotis enfoncés dans le sable, la masse sombre du hangar. Des barques avaient été remontées sur la plage aussi loin que possible des vagues pas très hautes, mais qui se succédaient à une vitesse accélérée, comme poussées par une sorte d'excitation. Le bruit de la mer était inhabituel, elle ahanait.

Le pêcheur poussa la porte en bois du hangar et le bourdonnement des voix s'est arrêté. Puis, me plantant là, il rejoignit des hommes si semblables à lui que je l'ai vite perdu de vue. Des centaines, des milliers de poissons grouillaient, frétillaient, glissaient, mimant la nage, entre les bottes en caoutchouc des pêcheurs. Les vieux, aux pommettes violacées, paraissaient porter des masques grossièrement peints. Les très jeunes avaient le hâle léger des enfants. Quant aux autres, aucune expression particulière ne perçait à travers l'entrelacement des rides. Forte, l'odeur du poisson se mélangeait à celle du goudron avec lequel étaient calfeutrées les parois en bois du hangar.

J'étais bien avec ces hommes, j'avais envie de leur tendresse, celle que je croyais percevoir dans les battements des cœurs, sous les cirés constellés d'écailles. Eux, ils ne s'inquiétaient pas du brouillard, ils s'en accommodaient comme ils s'accommodaient du soleil; j'avais besoin de leur protection. Plaquée contre la porte qui s'était refermée derrière moi, vêtue uniquement de mon maillot de bain — des écailles de poisson venaient se poser sur ma peau et y restaient collées —, j'aurais dû me sentir en danger, mais aucun d'entre eux ne m'accordait la moindre attention. Si, un seul. À moitié caché par l'une des poutres qui soutenaient le toit, il me fixait d'un regard tranquille. Il n'avait pas les pommettes violacées et son visage n'était pas non plus recouvert d'un hâle parfait, il faisait partie de ceux qui ne me laissaient rien deviner sous leurs rides. Il contourna la poutre et s'approcha de moi :

— Ça fait bien longtemps que tu n'es pas venue, ils t'ont oubliée et maintenant tu es trop vieille. Dommage.

Il m'enveloppa dans son ciré.

J'acquiesçai :

— Oui, dommage. Le temps a passé et il y a toujours du brouillard.

Il avait un beau cou puissant. Des muscles et des tendons qui me faisaient penser aux cordages des navires amarraient sa tête aux épaules. Ils avaient tous les mêmes cous et l'harmonie avec laquelle se mouvaient leurs têtes et leurs épaules donnait à leurs corps pesants une légèreté rassurante. C'est pour cela que je me sentais en sécurité avec eux. Mon Dieu, comment ai-je pu vivre tant d'années avec des hommes sans cou, avec juste une sorte de tuyau flexible au bout duquel les têtes se balancent au gré de leurs ambitions et de leurs craintes, leurs innombrables craintes ?

— Le temps a passé, reprit-il, pourtant ton cou, lui, n'a pas changé, il ressemble toujours à celui de nos enfants.

— Tu veux dire que ça sera plus difficile pour le bourreau...

Il haussa les épaules :

— Sait-on jamais si nous le laisserons accoster ? Et puis, tu n'es pas trop vieille pour tirer les filets. Si tu le désires, nous pourrions partir dès que le brouillard se sera levé.

Autour de nous le bruissement des poissons moribonds qui glissaient les uns sur les autres se fit de plus en plus fort. Derrière la vitre sale du hangar, le brouillard changeait de couleur, des paillettes dorées traversaient les couches de gris, on aurait dit que le soleil allait bientôt percer.

Seizième rencontre

Un jour, comme elle criait après sa vieille mère qui essayait d'arracher les fleurs à peine rempotées dans les vasques de la terrasse, celle-ci lui lança en roulant des yeux furibonds :

— Tu es la fille du diable, voilà ce que tu es!

Surprise, elle oublia de se signer.

Le soir, dans son lit, après avoir nourri sa mère, les chats, les chiens, le vieux cacatoès (et les loirs dans la grange, avec du blé empoisonné), elle revoit les yeux étincelants de sa mère et la voix dure résonne à ses oreilles : « Tu es la fille du diable, voilà ce que tu es! » Elle éclate de rire. De deux choses l'une : soit son père n'était pas l'homme charmant dont sa mère lui a toujours fait le portrait, soit madame a eu une liaison avec ledit diable et donc son père n'a jamais été son père.

À soixante ans, elle refuse ce genre de devinettes, et avec le sentiment du devoir accompli — la journée a été longue et fatigante —, elle se laisse glisser dans le sommeil. Soudain, elle se réveille en sursaut :

— Cherche, cherche, lui chuchote une voix mielleuse.

Elle se lève, s'habille et sort de la maison sans faire de bruit. Les chiens sont calmes. Au bout de la rue, un réverbère éclaire la nuit d'une lumière absurdement orangée. Elle va ainsi de réverbère en réverbère et quand ils s'éteignent parce que la lumière du jour arrive, elle continue à marcher, continuera encore quand ils se rallumeront et ainsi de suite.

Ce qu'elle regrette le plus, c'est d'avoir mis du blé empoisonné dans la grange.

Dix-septième rencontre

Il a beaucoup plu sur les flancs de la montagne et aussi dans la vallée. Une pluie dense, rapide. Tout en haut il a dû neiger. Dans la cabane en rondins, érigée sur un terre-plein au bord d'un ruisseau, juste avant la montée vers les hauts plateaux et qui continue ensuite vers la crête, Émile et moi n'arrivons pas à capter la météo. Le petit appareil graillonne, les piles ont pris l'humidité. Sans aucun doute, la neige est tombée là-haut. Le pain que j'ai fait cuire au petit matin exhale son odeur sans pareille, elle nous rend doux l'un envers l'autre et nous fait croire à l'éternité de notre amour. Émile pense que pour une fois je devrais rester auprès du feu.

— Des coulées sont possibles, le sentier est dangereux par mauvais temps.

Mais il sait que j'ai arrêté ma décision. Nous sortons donc en même temps de la cabane, lui il va faire son boulot de forestier, moi je vais sacrifier à l'entraînement qui devrait me permettre un jour d'atteindre le sommet.

Émile est à peine plus grand que moi, large d'épaules, les fesses basses sur des cuisses musclées. Dans nos narines l'odeur du bois mouillé et de la résine chasse celle du pain.

— Sois prudente.

Je promets. Après avoir fait quelques pas sur le sentier, je me retourne, mais il est déjà parti reboiser les parcelles sur l'autre flanc de la montagne.

Une fois les pâturages dépassés, je rencontre les premiers éboulis, heureusement ce sont de petites coulées, le sentier réapparaît tout en restant boueux et très glissant, puis il se perd à nouveau. J'avance difficilement. Je ne sais même pas pourquoi je m'entête. Le sommet est bien loin et je n'ai rien de précis à faire dans la montagne.

Morose, le temps est calme pour l'instant et le ciel sagement couvert.

Je passe un premier col. Plus d'éboulis sur le sentier trempé. Arrivée au deuxième col, la neige est là, sur tout le versant qui monte en pente raide vers la crête.

Pas question d'avancer. Pour ne pas inquiéter Émile, pour qu'il soit certain de mon retour, je n'ai même pas pris le piolet. Caché par les nuages, le sommet reste invisible et c'est très bien ainsi. Je lui tourne le dos, grignote quelques raisins secs et me prépare à la descente. Dans à peu près quatre heures je serai près du feu qu'Émile aura allumé.

L'homme surgit devant moi. Il n'a pas l'allure d'un touriste, pas non plus celle d'un berger, malgré son bâton de berger. Il porte une pèlerine en bure, un début de barbe lui couvre le bas du visage. Fin, terriblement racé, le doberman qu'il tient en laisse semble si peu à sa place dans le paysage qu'il en devient caricatural.

— Pourquoi veux-tu redescendre au lieu de continuer vers le sommet ?

— Je ne suis pas prête, la neige n'est pas stable, et puis je n'ai absolument pas prévu d'aller au sommet aujourd'hui. Demain non plus d'ailleurs.

Je me justifie trop. Je frappe mes paumes l'une contre l'autre, je bouge, comme pour dégourdir mes jambes, je fais ce que je peux pour dissimuler le tremblement qui me vient sous son regard ardent et celui attentif du chien. Si je me mets à courir sur le sentier de la descente, il lancera le chien à mes trousses. Oui, il le lancera.

— Va, dit-il, continue à monter et il ne se passera rien de ce que tu crois qu'il pourrait se passer.

— Même si par une chance inouïe je réussis à atteindre le sommet, vous savez bien que je ne pourrai pas redescendre.

Il hoche la tête, un éclair de gaieté passe dans ses yeux :

— Si, de l'autre côté. La pente est douce.

Il me donne le choix : mourir égorgée par son chien ou gelée dans la neige, quelque part, avant ou après avoir atteint le sommet.

Je ne reverrai jamais Émile.

Je fais un premier pas. La neige est assez profonde, pourtant elle n'adhère pas au sol. Je la sens fuir sous la semelle de mes chaussures. Je commence à compter : deux, trois... dix... vingt-deux... je m'enfonce dans une sorte de sucre cristallisé. La pente devient plus raide, il est peu probable que je survive.

Comment les choses se sont-elles enchaînées ensuite, pour que je me retrouve avec lui dans cette cabane en rondins, je n'en sais rien. Tout d'abord je me suis crue dans la cabane de la vallée, l'autre, celle que j'ai laissée derrière moi. Et pourtant, non, ce n'est pas la même, l'odeur de pain chaud est absente et l'homme auprès de moi n'est pas Émile, mais l'inconnu qui ne ressemble ni à un touriste ni à un berger. Il s'est rasé et la folie a disparu de son regard :

— Demain, dit-il, je t'apporterai de la farine et tu pourras faire du pain.

Ai-je au moins atteint le sommet ? Il ne me dira pas la vérité avant longtemps.

Le doberman vient à mes pieds et se laisse caresser.

Dix-huitième rencontre, au château

Elle dit être ma sœur et me parle à voix basse dans le creux de l'oreille. Cela doit faire bien longtemps que nous ne nous sommes pas rencontrées, enfin je le suppose, car il me semble qu'aucun lien ne me rattache à elle.

Nous nous tenons, côte à côte, sur la même marche de l'escalier en bois d'acajou qui descend jusque dans le vaste salon où déambulent plusieurs femmes vêtues de robes longues aux coloris pastel. La robe lilas de l'une d'entre elles attire mon regard et malgré la couleur, la silhouette mince, le dos très droit de cette femme me rappellent les quelques photos sépia qui me restent de mon arrière-grand-mère.

Atmosphère feutrée sous la lumière douce.

Groupés à l'autre bout du salon, les hommes, grands et bien bâtis, ont des allures de fauves. Je prends plaisir à les regarder. Je n'écoute plus rien de ce que me dit ma sœur. La scène que nous dominons est d'une beauté parfaite et l'absence absolue de laideur me donne l'impression d'assister à un miracle. Je commence à aimer ces gens que, je le sais, j'ai toujours détestés.

— Quelle date sommes-nous aujourd'hui ?

Ma sœur me regarde surprise, puis, en mettant un doigt sur sa tempe elle me donne la date, celle que j'aurais pu lire sur les journaux ou sur la paperasse administrative du jour. Cette date, je n'en voulais pas. Mais une fois donnée, je peux me permettre le luxe d'aimer cette sœur que je n'ai jamais eue et aussi toutes ces personnes qui prétendent être de ma famille, ma foisonnante famille et qui, fort probablement, le sont. Je ne les connais pas, pourtant cela ne prouve en rien qu'il s'agirait d'une affirmation mensongère.

Je les aime hors du temps et de l'histoire, puisque ce château que j'ai toujours trouvé laid et de mauvais goût me ravit par la simplicité et la finesse de sa décoration. Ils avaient la science de répartir les formes avec prudence pour laisser aller et venir la lumière à sa guise.

Je les aime, ces membres de ma famille que j'ai fuis durant toutes mes vies. Je voudrais descendre les marches de l'escalier pour aller les rejoindre, mais ma sœur me retient.

Et mes yeux reviennent à la robe lilas : un souffle pourrait faire basculer cette couleur dans le néant.

Lentement, je descends une marche, deux marches. Je descends sans bruit, pourtant tous les regards se fixent sur moi. La femme vêtue de la robe lilas pivote sur ses talons. Je la vois enfin de face : un nez aquilin, des yeux perçants dont, à la distance où je me trouve, il m'est difficile de définir la couleur.

— Peu importe si tu ne me reconnais pas, dit-elle —et le son de sa voix s'amplifie, enfle, m'enveloppe—, nous, nous te reconnaissons, même s'il t'a plu de traîner partout, dans tous les mondes, mais cette fois, c'est ta dernière chance et nous ne te permettrons plus de repartir.

Je m'élance vers la lourde porte en chêne. Personne ne se met en travers de mon chemin, la porte tourne sur ses gonds avec la légèreté d'un décor et je me retrouve sur les pavés luisants d'une petite place mal éclairée. Pas âme qui vive.

Je me retourne. Aucune lumière aux fenêtres du château, ce château qui tombe en ruine. Sous la pluie fine, mes yeux habitués à l'obscurité décèlent les planches clouées en croix sur les fenêtres et sur la porte que je viens de passer.

Dix-neuvième rencontre

En habit de lumière sur le podium de fortune, une femme aux cheveux blonds épars joue au torero face à un taureau imaginaire. Elle est vieille. À travers le tissu qui moule ses fesses on aperçoit la fatigue des muscles, les os du bassin semblent dénudés de leurs chairs. Les *olé* qu'elle lance à tue-tête grésillent dans sa gorge, comme venant d'un vieux disque éraflé.

— Olé! répondons-nous pourtant en chœur.

La fête a lieu dans un pâturage où paissent des taureaux. Dessinés en noir sur le vert de l'herbe, leurs encolures puissantes comme autant de collines nous empêchent de voir ce qui pourrait se passer au-delà, si toutefois il se passe des choses différentes de celles que nous savons déjà.

— Olé! Olé!

La femme se cambre, tourne sur elle-même, vacille, esquisse un pas de danse et fait tournoyer vers nous en guise de muleta un chiffon rouge, une nappe peut-être.

Dans le public, autour de moi on chuchote et je découvre soudain que nous sommes vieux, tous tant que nous sommes. Il y a foule, mais pas un seul visage qui ne porte la marque profonde du temps : joues flasques, nez déformés aux pores dilatés, lèvres molles, distendues ou rétractées, disparues à l'intérieur des bouches édentées, doubles mentons ou cous décharnés, fripés, creux entre les tendons durcis. Des crânes chauves ou recouverts d'une sorte de mousse aux couleurs diverses et variées, dues aux mélanges de teinture pratiqués par les coiffeurs. Ici et là, lumineuses, des chevelures blanches d'une abondance poignante.

— Il faut freiner des quatre fers, dit une voix féminine autoritaire, derrière moi. Les taureaux n'ont pas le choix, mais nous, on a les moyens aujourd'hui...

Un rire nerveux, puis, la voix d'un homme :

— C'est trop drôle, c'est vraiment trop drôle.

Je n'ai pas le temps de me retourner, d'un geste théâtral la femme sur le podium lève les bras, agite la nappe rouge comme un drapeau.

— La corrida est ouverte, annonce-t-elle.

Sous nos pieds la poussière commence à monter, elle se fait de plus en plus dense, les troupeaux de taureaux sont toujours immobiles dans le décor, je me souviens du temps où j'aimais regarder paître le bétail en imaginant le bonheur intense que les bêtes devaient ressentir en broutant, le temps où je rêvais d'être cheval et je l'étais, sans doute, puisque l'existence des abattoirs m'était tout aussi inconnue qu'elle l'était aux poulains. La poussière me brûle les lèvres, se dépose sur mes paupières et le regret me terrasse : il est si loin l'âge où chaque bête dans un troupeau me semblait immortelle.

— Olé! Olé!

Un petit vieux apparaît soudain sur le podium. Je ne l'ai pas vu se détacher de la foule. Il porte un manteau noir sur les revers duquel sa tête chauve, très pâle, semble être posée en équilibre instable. De sa démarche incertaine, il s'avance vers la femme torero en s'aidant d'une canne. Je distingue mal ce qui se passe sur le podium, mais le rouge du chiffon perce à travers la poussière, ce n'est plus un chiffon, c'est une vraie cape. La femme torero excite sa victime :

— Olé! Olé!

Nous reprenons en chœur :

— Olé! Olé!

Le vieux se ramasse sur lui-même, ses épaules se relèvent, enserrent sa tête pâle, ses jambes s'arc-boutent, dérapent sur le plancher du podium, il se rattrape, piétine, fonce tête baissée. La femme lui donne l'estocade.

Une poussière fine se dépose sur l'habit de lumière, en ternit le scintillement et retombe lentement pour retrouver sa place sous nos pieds.

Sur le podium, une petite tache noire...

Vingtième rencontre, le désespoir du bourreau

Il pleure. Son visage banal, aux traits insignifiants, se déforme sous la poussée des larmes.

— Je ne sais pas tuer vite. J'ai beau me motiver, je foire immanquablement. Mes collègues ont depuis longtemps fini, que moi je m'acharne encore à taillader, par-ci par-là, et plus ils crient, les pauvres gens, plus je tremble. — Il sourit tristement : — Et plus je tremble, plus ça dure.

Dans le cabanon où je suis enfermée en attendant de me faire exécuter, nous marchandons, le seul et unique bourreau maladroit de la bande et moi, depuis des heures. Il est celui que les condamnés à mort craignent le plus de voir à leur chevet au dernier moment de leur vie. Un des gardes a eu la délicatesse de m'apprendre la prière qu'ils adressent au Tout-Puissant : « Toi, dans ta grande bonté, fais-le désigner pour n'importe qui d'autre, mais pas pour moi. »

Une question me brûle les lèvres, pourquoi tant de maladresse : pitié pusillanime ou pour faire durer le plaisir de la tuerie ?

Je n'ai pas dû prier comme il se doit, puisqu'il est venu me prévenir : oui, ce sera bien lui et pas un autre qui... Il me propose de coucher avec lui, en échange de quoi il promet de se porter pâle le jour de mon exécution. J'aurai ainsi la certitude de trépasser dans les meilleures conditions possibles.

Mes tergiversations l'énervent :

— Tu n'as rien à perdre. De toute façon, tu vas mourir, et morte tu auras tout oublié, ça avec le reste et au moins le passage se fera correctement.

— Qu'est-ce que tu appelles correctement ?

— Toc ! Un coup, deux au maximum et c'est fini.

Je sais qu'ils sont en manque de munitions, ce n'est donc pas d'un ou de deux coups de feu qu'il parle. Comme je me cache le visage entre les mains, il me secoue l'épaule :

— Je pourrais te violer, mais je reconnais que je ne veux pas d'histoires, ils seraient capables de se servir de ce prétexte pour me renvoyer et je me plais bien ici. On ne bosse ni trop ni trop peu, juste ce qu'il faut. Alors ?

J'ai si peur de la douleur. Pourtant : plonger la main dans l'huile brûlante, casser une vitre avec le poing, éteindre une cigarette sur mon avant-bras, tout cela je l'ai fait pour m'endurcir. Je lui dis que j'ai même accepté une extraction dentaire sans anesthésie.

— Tu aurais vu le pauvre dentiste valdinguer à travers le cabinet, tu l'aurais vu...

Il me crie d'arrêter et j'arrête de rire comme une folle. Folle je le suis, folle de terreur.

— Je n'ai jamais réussi à apprivoiser la douleur.

Il crache entre ses dents comme un chat :

— Imbécile ! Il n'y a rien à apprivoiser, c'est elle qui apprivoise n'importe qui et même n'importe quoi, de l'écrevisse ébouillantée au président assassiné.

Je relève doucement ma jupe et je me renverse sur la natte crasseuse. Il se couche sur moi, me pénètre, silencieux et sans violence. C'est la dernière fois que je fais l'amour. Quelle blague ! L'amour de qui, de quoi ? L'amour de moi, de mon corps avec lequel je paie la mort pour qu'il trouve grâce et que le passage soit moins terrifiant.

L'orgasme arrive par surprise. Je jouis couverte par un bourreau, sur une natte crasseuse, dans un cabanon d'où je ne sortirai que pour être exécutée.

Je suis seule maintenant. Dehors il y a une certaine agitation, je suppose qu'ils viendront bientôt me chercher. Je m'accroupis sur le bidon en tôle qui me sert de toilettes. Je voudrais rester propre, au moins avant d'oublier que j'ai existé. Je dis à mon corps que cette fois il devra m'obéir : tu ne trembleras point. Pourtant je n'ai pas confiance. Il peut recommencer et faire exactement ce qu'il a envie de faire.

La porte s'ouvre brutalement, le garde aboie :

— En avant marche !

Le ciel est couvert d'or. Évidemment, les exécutions se font au soleil couchant, me dis-je, sans savoir pourquoi cela me semble si évident.

Un civil — chemise blanche immaculée — s'avance vers moi, m'appelle par mon prénom et me demande si ça va. Je n'arrive pas à ouvrir la bouche pour lui répondre. Il me prend par le bras :

— Venez, c'est fini, je suis votre ange gardien.

Je n'aime pas mon ange gardien. Il y a beaucoup de types armés autour de nous, mais ils font comme s'ils ne me voyaient pas.

— Et ma sentence de mort ?

Il semble embarrassé, tripote la mèche blonde qui lui retombe sur le front, se racle la gorge. Finalement, il marmonne :

— Balivernes.

Avant de monter en voiture, je me retourne. À l'ombre d'un arbre qui me semble être un figuier, trois hommes regardent nonchalants de notre côté. Ils se ressemblent, leurs visages ne sont que des ébauches.

Je les montre du doigt :

— Ce sont des bourreaux.

Avec un mouchoir aussi blanc que sa chemise, l'ange gardien essuie sur mon visage la trace salée des larmes.

— Mais quelle idée ! Ils sont jeunes, ils aiment la plaisanterie.

Le nuage de poussière soulevé par le démarrage du 4×4 engloutit les trois hommes.

Je ne suis pas morte et il me faudra les oublier.

Vingt et unième rencontre

Pourquoi est-ce que je m'applique tellement à réussir la recette stupide de pommes fourrées à la mousse que cette femme inconnue m'oblige à préparer ? Je cherche le sens de la mousse aux pommes dans la pomme même. Peut-être est-ce une astuce pour éviter le danger du ver qui se glisse au cœur du fruit !

Évidées et remplies de mousse, une douzaine de pommes rouges striées de jaune s'alignent sur un plat. C'est le grand plat en argent massif, orné des armoiries de la famille. Pourtant je me souvenais d'avoir été contrainte de l'abandonner entre les mains d'un ami usurier pour un prêt que je n'avais pas pu rembourser.

Jeune, je le trouvais lourd et prétentieux. Aujourd'hui, je le vois si différent des objets qui nous entourent dans notre vie quotidienne qu'il lui vient une beauté indiscutable. Les couleurs des pommes, la légèreté visible de la mousse aux pommes font partie de cette aura d'élégance. Dans le tout, il y a certainement un sens caché.

La femme inconnue, grande, austère, ne semble pas pressée de partir. Indifférente à mon antipathie, elle m'importune et je le lui fais sentir, elle s'incruste comme si elle accomplissait une mission dont rien ne pourrait la détourner.

Sur la pelouse en contrebas de la terrasse, des gens en maillot de bain rient et boivent dans des grands verres couleur rubis. « Alors, crient-ils, ces pommes, on va les attendre encore longtemps ? » Et il me devient impossible de leur livrer la beauté du plat en argent et des pommes rouges striées de jaune, remplies de mousse aux pommes.

— Je ne leur porterai pas le plateau.

Les lèvres minces de la femme ébauchent un sourire :

— Comme tu veux !

Elle me montre du doigt, dans le fond de la cuisine, une porte basse, peinte en bleu.

Sans savoir si elle me laissera prendre le plat, je le soulève avec précaution pour ne pas faire rouler les pommes. Il est très lourd. Il a toujours été très lourd. Quand je l'ai porté, enveloppé dans un journal, à mon ami l'usurier — je n'allais plus jamais le revoir —, le trajet debout dans l'autobus qui roulait vers la périphérie de la ville m'avait paru interminable.

— Costaud! s'était-il exclamé, en donnant un coup de poing dans l'argent massif, il l'avait fait chanter.

Je sens dans mon dos le regard de la femme qui ne vient pas m'ouvrir la porte. Et pendant un instant je crois savoir qu'elle s'ouvrira toute grande sous la poussée de l'usurier qui jadis a donné un coup de poing dans les armoiries de ma famille dispersée aux quatre coins de la terre. Mais comme la porte reste fermée, je finis — tout en maintenant le plat en équilibre — par soulever le loquet avec mon coude et je franchis le seuil.

De l'autre côté il n'y a rien, absolument rien.

Vingt-deuxième rencontre

Dans peu de temps les deux bateaux de formes identiques se croiseront, superposant leurs structures et pour quelques instants il n'y aura plus sur la mer qu'un seul et unique bateau qui semblera immobile ; puis, les formes se décaleront et chacun poursuivra sa route. Parti du port qui se dessine là-bas au creux du golfe, le premier se dirige vers l'île. Le deuxième, parti de l'île, accostera bientôt dans ce même port qui se dessine au creux du golfe.

J'avais toujours pensé que l'homme avec lequel je voulais vivre finirait par me suivre sur le continent. Jour après jour, sur la terrasse de ma maison je guette l'instant où les deux bateaux n'en font qu'un, aux formes parfaites, d'une blancheur éblouissante et jour après jour je me désole, mais jamais plus je ne retournerai sur l'île livrée aux marchands de souvenirs.

Vingt-troisième rencontre

La petite fille aux yeux perçants est revenue jouer dans ma nouvelle maison. Elle manifeste envers moi une grande froideur. Je prends sa main glacée dans la mienne et l'amène devant la cage du perroquet. Le plumage bleu et vert de mon perroquet illumine toute la pièce, en le regardant je me sens fondre de bonheur puis, soudain, les couleurs s'éteignent, l'oiseau se recroqueville dans un coin de la cage. La petite fille rit sans me faire partager sa gaieté et cela me soulage, car je ne désire pas la partager. Quand les couleurs reprennent leur place, elle est déjà partie.

Comme à chaque fois que je déménage, je rêve de retourner dans la maison que j'ai quittée. Le jardin que j'aperçois à travers ces fenêtres trop hautes manque de charme. Je suis inquiète, ne sais pas d'où vient la petite fille et pourquoi elle vient. Je ne devrais pas la laisser entrer.

L'homme pour lequel j'ai quitté mon ancienne maison passe l'une après l'autre les portes qui s'ouvrent sur les pièces encore vides et pénètre enfin dans celle où je me tiens, émue de voir à nouveau étinceler toute la beauté du monde dans le plumage bleu et vert de notre perroquet.

L'homme que j'aime s'arrête à mes côtés et prend ma main glacée dans la sienne :

— Si nous pouvions ne pas le détruire. Si nous pouvions...

Des larmes légères nous montent aux yeux, teintées de vert, de bleu, par le jeu des lumières, elles nous font croire au miracle.

Je suis à nouveau devant les fenêtres si hautes qu'elles atteignent presque le plafond et je plonge mon regard dans ce jardin que je déteste. Il faudra lui donner une âme. Je tire des plans, imagine des mélanges de couleurs complémentaires à celles du plumage de notre perroquet.

Et puis, au loin, là où la perspective file vers des champs desséchés, dans un coin du tableau, j'aperçois la petite fille. Elle se débat contre un homme dont il me semble comprendre les intentions. J'ouvre la fenêtre, saute et me mets à courir à travers le jardin, les yeux fixés sur la scène qui se déroule au ralenti, je cours, je cours, sans me rapprocher pour autant de l'homme et de la petite fille qui restent minuscules et toujours hors de ma portée. J'entends ma respiration sifflante.

Soudain, la petite est devant moi. Je trébuche et me laisse tomber à genoux pour la prendre dans mes bras. Son rire crépite, quelque chose de lourd me frappe en pleine figure avant de s'échouer à mes genoux.

— Ça t'apprendra à te mêler de mes affaires, dit la petite.

Tournant le dos à ma nouvelle maison, je marche dans les champs mornes sur une terre sans beauté. Je marche avec l'espoir de rencontrer l'une de ces routes qui s'ouvrent devant nous quand nous nous y attendons le moins. Peut-être trouverai-je un carrefour où les fléchages n'auront pas encore été faussés.

Je tiens entre mes doigts une plume bleue et une plume verte, toutes deux arrachées au plumage de cet oiseau que les fourmis dévorent entre les herbes folles.

Vingt-quatrième rencontre

Encore une journée de passée. Le fils ouvre son ordinateur et plonge dans la nouvelle comptabilité de l'exploitation. Le père s'en va fumer dans le pré, c'est une habitude qu'il a prise depuis que le fils a vendu toutes les vaches. Toutes.

Les dents serrées, l'une comme l'autre, la mère et la bru font la vaisselle. L'une comme l'autre savent que les paroles ne peuvent plus les rapprocher : le départ des vaches est sans retour, leur animosité aussi.

— Voilà, dit la mère, en mettant à sécher sur la poignée du four le torchon qui a servi à essuyer les assiettes.

Elle monte lentement, sans grâce, les marches de l'escalier qui mène à la chambre à coucher. Les jeunes, eux, s'en iront, quand ils voudront, chez eux, dans la maison neuve.

Dès qu'elle referme la porte de la chambre, la mère se plaint doucement, tout en avançant vers les fenêtres ouvertes sur le pré enveloppé d'ombres à la nuit tombante. Partant du point incandescent de la cigarette, elle arrive à reconstituer la silhouette du père, son homme, avec lequel elle dort depuis plus de cinquante ans dans cette même pièce. Avant, quand les vaches étaient encore là, il ne la laissait jamais longtemps seule dans le lit, mais les autruches, il ne les connaît pas, elles l'attirent comme des putes.

L'obscurité dans le pré s'est épaissie, elle a perdu la trace de son homme.

Écrasée par la fatigue de la journée, elle se glisse entre les draps, s'étend de tout son long, comme si son homme était couché à ses côtés et que sa main allait, d'un instant à l'autre, chercher la sienne. C'est ainsi que se passaient les choses avant l'arrivée de ces bestioles si désespérément laides. Pleine de colère, elle se retourne sur le ventre, sa position préférée jadis, quand, jeune fille, elle dormait seule...

... penchée sur le rebord de la fenêtre, elle laisse aller ses bras dans le vide, les balance au-dessus du pré baigné par la lumière du soleil levant. Tout au fond, sur le flanc de la montagne encore resté dans l'ombre, se profile le toit de l'étable, l'ancienne, basse, une bonne étable à vaches. Mais si ce n'est pas le nouveau hangar qu'elle voit là-bas, cela voudrait dire qu'elle a rêvé, un mauvais rêve, pas plus, et soudain, la bonne odeur des vaches est là, l'enveloppe, la berce, la console de la douleur qu'elle ressent encore après le méchant rêve qui lui avait fait croire à la fin de tout. Bientôt, ce sera l'heure de commencer la traite. Elle en tremble de bonheur. Alors, elle les voit, le père et l'oiseau qui dansent au milieu du pré. De sa tête déplumée, l'autruche domine le vieil homme. Lui, il la tient par ses ailes ridicules, à moitié déployées et la fait tourner, dans un sens, dans l'autre, il a toujours été un excellent danseur, on dirait une valse, un-deux-trois, un-deux-trois et c'est drôle, c'est tellement drôle, la mère rit aux larmes, elle les sent couler, brûlantes, sur son visage...

Quand elle se réveille, la place à ses côtés est toujours vide. La lumière cuivrée du soleil levant entre à flots dans la chambre lui rappelant qu'hier au soir elle a oublié de fermer les volets. Hier au soir... Elle se lève d'un bond et court à la fenêtre, la fraîcheur du carrelage lui glace les pieds. Penchée sur le rebord de la fenêtre, elle serre sa chemise de nuit sur sa poitrine. Tout au fond du pré, sur le flanc de la montagne resté dans l'ombre, se profile le toit flambant neuf du hangar qui a remplacé les étables. Et au milieu du pré, le père, vacillant, une bouteille de gnôle presque vide à la main, sautille devant une autruche qui, très excitée, essaie de lui envoyer des coups de bec. La mère entend des rires et ce ne sont pas les siens. Depuis la route, malgré l'heure matinale, quelques voisins assistent hilares au spectacle.

Le soleil monte, la lumière change. C'est l'heure de la traite, se dit la mère en fermant doucement les volets des fenêtres avec vue sur le pré. Elle se recouche et part à la recherche du rêve qui l'a fait rire aux larmes.

Vingt-cinquième rencontre, sur la grande place

Lui, c'est le tueur. Elle, c'est une femme qui traversait la foule.

Assis sur le banc en pierre, il triturait entre ses mains une chose ronde comme une boule de pâte à modeler.

Quand elle avait demandé ce qui se passait, on lui avait dit : « Il l'a tué et maintenant il joue avec sa tête, personne ne peut l'approcher. »

Avec ses pouces il cherchait à écraser l'arête du nez, à enfoncer les pommettes. Ses doigts étiraient les muscles des joues, éraflaient la peau avec les ongles.

À distance, elle n'arrive pas à distinguer si la victime du tueur est une femme ou un homme, elle voit seulement qu'il essaie de remodeler une tête humaine pour effacer toute ressemblance qui pourrait lui rappeler le temps où cette tête avait un corps.

Elle a les cheveux longs qui lui couvrent les épaules et retombent en mèches souples sur ses bras. C'est peut-être pour cela qu'il l'a laissée s'approcher de lui et de la tête de sa victime.

— Je regrette, dit-il, je regrette tellement de l'avoir fait.

Pourtant dans ses yeux l'éclair meurtrier zigzague encore à travers les larmes.

Il n'y a rien, absolument rien d'autre à dire, alors elle s'assoit à ses côtés sans savoir pourquoi. Elle ne veut plus le sauver et ne le pourra pas. À l'autre bout de la grande place blanche la foule s'impatiente.

Vingt-sixième rencontre

Mur, toit, porte, fenêtres, elle était là, devant nous, ni belle ni laide, et nous avons prononcé le mot, qu'un enfant de trois ans aurait : maison. Au moment où nous le prononcions ce nom, nos yeux étaient déjà pleins de tout ce vert intense qui l'entourait : prairie. Et plus loin, en suivant la pente douce de la prairie : étang. En revenant vers la maison, nos regards se sont attardés sur les arbres : grands, d'un certain âge et sur leurs ombres couchées dans l'herbe : vert foncé, presque noires. Elle nous attendait parée de ses plus beaux atours. Le va-et-vient de la lumière entre elle et l'étang, entre le miroir de l'eau et les reflets de la baie vitrée qui surplombe la prairie nous donnait le vertige. Un vertige que ressentent tous ceux qui la voient pour la première fois.

Flanc contre flanc, une main passée autour de la taille de l'autre, notre deuxième main agrippée au guidon de nos vélos — c'est par pur hasard que nous les avions engagés sur le chemin de terre qui nous a conduits jusqu'à elle —, nous nous sommes avancés. Comme dans un rêve, nous en avons fait le tour, nous avons humé l'odeur du bois fraîchement rangé sous l'auvent, admiré les vieilles dalles de la terrasse, découvert une adorable véranda, un peu vermoulue mais si romantique, enfin, nous nous sommes laissés prendre à ses sortilèges. Lorsque nous sommes revenus sur le devant, la lumière avait changé et le pont arrondi qui enjambe un coin de l'étang nous est apparu comme un mirage et bien sûr nous n'avons pas deviné la pourriture de ses poutrelles. Bouleversés de bonheur et de tristesse parce que nous la pensions inaccessible, nous lui avons tourné le dos ; elle avait plus d'un tour dans son sac. Nous avons failli lui échapper, mais avant de monter sur son vélo, Mathieu a découvert la pancarte à la peinture délavée : À VENDRE.

Le jeu pervers que nous avons joué, elle et moi, et que nous jouons encore, même si les règles ont changé, n'est pas de mon invention. C'est elle qui a longtemps mené la danse et aussi gagné à tous les coups. Aujourd'hui je n'ai plus rien à perdre et nous sommes enfin à égalité. Je ne sais pas ce qu'elle voulait et après cinquante ans, je ne sais toujours pas ce qu'elle veut. C'est peut-être la raison pour laquelle je ne me suis jamais décidée à la faire raser au bulldozer.

Avec Mathieu, nous nous sommes saignés pour l'acheter, pourtant elle ne nous a accordé aucun répit. Dès la première semaine la terre s'est effondrée sous la terrasse, le mois suivant, la canalisation a éclaté dans la cave, à la première pluie il a plu dans notre lit. Nous avons fait l'amour en changeant les bassines, nous étions loin d'imaginer que bientôt nous aurions de moins en moins de temps pour le faire.

Mathieu n'était pas un bon bricoleur, je le lui reprochais et le trouvais de plus en plus ridicule à le voir se taper sur les doigts quand il essayait d'enfoncer un clou. Épuisé, il est parti le deuxième hiver quand la porte d'entrée n'a plus voulu se fermer. « C'est elle ou moi. » Il est parti, je suis restée et elle a continué. Du jour au lendemain je la trouvais de guingois. Il suffisait de l'étayer pour qu'elle penche du côté opposé.

Elle s'amusait à lézarder ses murs, un jour l'un, un jour l'autre, parfois les fissures se refermaient toutes seules. Les poutres se fendaient, la faîtière perdait ses ardoises. Alors j'ai ramené à la maison, tour à tour : des menuisiers, un couvreur, des terrassiers, trois maçons et même un marbrier aux yeux violets, il *nous* (nous, elle et moi) a taillé une belle plaque en marbre pour un vieux guéridon sur lequel elle s'est empressée de faire tomber une de ses fenêtres avec son encadrement entièrement descellé.

Je les attirais comme je pouvais, tous ces hommes habiles de leurs mains, les prétextes pour les faire venir ne manquaient pas. Elle, elle se parait de ses plus beaux atours, les baies vitrées se mettaient à scintiller de tous leurs feux, elle couchait son reflet sur le miroir de l'étang, la blancheur de ses murs donnait un charme mystérieux aux ombres des grands arbres et ravivait le vert de la prairie. Séduits par elle, mes amants restaient un temps, me parlaient d'amour et s'occupaient d'elle plus que de moi. Je finissais par m'ennuyer à les entendre parler d'elle et encore d'elle, de son plancher, de son plafond, de ses gouttières, de ses tuyaux. Je me séparais d'eux, ils se séparaient de moi. Comme j'avais peur de rester seule avec elle, je repartais aussitôt à la chasse.

Tout cela est terminé depuis longtemps. Et au bord de l'étang mon reflet se superpose au sien. Je me penche pour mieux regarder. Vieille femme. Maison. La surface de l'eau frissonne, nos deux reflets se brouillent, disparaissent, l'étang n'est plus qu'une mare morne.

Il me semble parfois qu'elle voudrait faire la paix. Pourtant, hier encore, les marches de la terrasse se sont effritées sous mes pas, j'ai des bleus partout. Elle, elle ne sait pas que j'ai mis mes héritiers à ses trousses.

« *Le partage de mes biens, où qu'ils se trouvent, ne pourra avoir lieu entre mes héritiers qu'à la seule condition que la maison de l'étang soit démolie et les gravats dispersés dans quatre déchetteries différentes. Une fois cette tâche accomplie, ils pourront prendre connaissance de mes dernières volontés.* »

Ainsi elle ne me survivra pas.

Le vent est tombé. Dans le miroir de l'étang je cherche désespérément nos deux reflets, et une fois retrouvés je plonge ma main dans l'eau pour les brouiller.

Avant qu'elle ne s'inquiète, il me faudra rentrer, peut-être aurons-nous une soirée d'harmonie parfaite comme cela nous arrive parfois.

Vingt-septième rencontre

Tout était tranquille sur la place de ma petite ville, en province. Sous les platanes — il fallait les regarder de près pour remarquer les chancres qui rongeaient leurs troncs —, l'éternel bonhomme ventru s'égosillait à faire l'article des poneys pour harponner d'éventuels clients :

— Ils sont sages, intelligents, plus sécurisés que les chevaux ou autres bestioles de manège, plus obéissants que des robots, plus patients qu'une nounou, venez les toucher, venez les caresser, montez-les, venez...

Quand il arrêtait son boniment, n'importe qui pouvait entendre, entre deux passages de voitures, le chant des oiseaux.

L'eau est arrivée d'un seul coup. En quelques secondes j'en ai eu jusqu'aux mollets. Blanche, opaque, une eau blanche ! Elle tourbillonnait autour des platanes, les gens se sont mis à crier, à patauger dans tous les sens, d'un seul mouvement la plupart se sont dirigés vers la rue montante qui finissait en cul-de-sac au pied de la colline.

La voix tonitruante du bonhomme perçait à travers le tumulte :

— Faites confiance à mes poneys, montez-les, ils savent nager, ils peuvent vous sauver la vie, venez, venez, vous payerez plus tard...

Après avoir maladroitement essayé de grimper sur le dos de l'un d'entre eux qui, tourné par instinct du côté de la rue montante, se débattait pour fuir, une jeune fille s'est agrippée à sa queue en criant :

— Allez, allez, démarre, saloperie de poney, démarre !

Je me rappelle avoir pensé : elle n'est pas effrayée, elle est furieuse. Le poney a esquissé un galop gêné par la fille qui se laissait traîner et ralentissait la course. Je suis entrée dans leur sillon, l'eau semblait s'être un peu calmée et j'ai pu tenir le rythme de la course. Arrivé au pied de la colline, le poney s'est brusquement arrêté, malgré les bordées d'injures de la fille, j'en avais rarement entendu débitées à une telle vitesse. En le poussant, je l'ai encore fait monter de plusieurs mètres, puis l'eau nous a rattrapés, charriant maintenant des débris flottants, une tôle a heurté les jarrets du petit cheval et lui a coupé les tendons. Il est tombé à genoux, l'eau a viré au rose. D'un mouvement sec la fille lui a arraché le licol dont les grelots teintèrent joyeusement. Elle repartit tout de suite fouettant l'eau avec le licol. J'aurais voulu maintenir la tête du poney hors de l'eau, cependant je perdais à chaque fois l'équilibre, risquant d'être emportée. L'eau me rattrapait, je l'ai vue recouvrir le museau du poney. Je bougeais les bras comme pour nager, le bout de mes orteils touchait encore la colline, je me répétais que si je gardais le contact avec la terre, je m'en sortirais. La tête du poney avait disparu, l'eau était toute blanche, opaque, on aurait dit qu'elle contenait de la chaux.

Finalement elle s'est arrêtée de monter. Et peu après, les gens aussi.

La fille et moi avons continué, jusqu'au sommet de la colline. Là-haut, nous nous sommes écroulées sur l'herbe au son des grelots. La fille ne décolérait pas :

— Qu'est-ce que c'est que cette saloperie d'eau blanche ?

— Je n'en sais rien, le barrage a dû céder. De mon temps le lac était bleu.

— Bleu ! Tu parles ! Foutaises ! Que des foutaises !

Nous contemplâmes l'étendue d'eau à nos pieds. De loin, sans leurs troncs, les platanes noyés ressemblaient à des plantes aquatiques. Je me sentais coupable de n'avoir jamais pu imaginer cette eau blanche. La fille me demanda ce que je comptais faire.

— Redescendre dès que possible.

Elle se leva d'un bond :

— Moi aussi, sur l'autre versant, naturellement !

Elle est partie d'un pas vif, comme si elle poursuivait une simple randonnée, s'est retournée et m'a jeté le licol. Je l'ai attrapé de justesse avant qu'il ne me frappe au visage :

— Tu lui trouveras certainement un usage.

L'eau blanche se retirait tout aussi rapidement qu'elle était montée et j'ai tout de suite aperçu le poney à l'endroit même où il s'était noyé.

En m'approchant, j'ai vu que c'était une sculpture... enfin, une reproduction en résine de synthèse.

Mais si, sur la petite place de ma ville, tous les poneys dont le gros bonhomme vante les qualités depuis des lustres ont toujours été en résine de synthèse, moi qui les avais crus vrais, alors le lac bleu n'était qu'illusion...

Je caresse au passage le museau du poney en résine et continue à descendre vers les platanes en écoutant la musique des grelots.

Vingt-huitième rencontre

Le chat tentait de survivre et moi avec lui. Assis sur le banc que nous avions découvert sous le poirier sauvage, nous regardions les moineaux s'ébrouer dans la poussière du carrefour des trois chemins empierrés et nous écoutions tomber les poires trop mûres. À part la ferme en ruine où j'avais trouvé refuge un jour d'orage et où le chat, après m'avoir longuement testée, avait fini par m'accepter, pas une habitation en vue, seule la plaine avec sa terre dénudée, ouverte par les labours de l'automne.

Je grignotais des poires blettes à longueur de journée. Le chat m'apportait moineaux et mulots, mais je n'étais pas encore prête à me régaler de ses offrandes.

Et puis, un jour, surgi de nulle part, le nain s'est planté en face de moi. Machinalement, j'ai cherché le chat du regard ; il avait disparu. Le nain a mis ses mains autour de mes hanches :

— Te souviens-tu de moi ?

Assise, j'avais la même taille que lui et nos yeux se trouvaient au même niveau. Les siens étaient verts ou plutôt bleus, ils avaient la couleur des crevasses dans les glaciers, avec une infinité de verts et de bleus changeant selon la lumière de son regard.

Je ne me souvenais pas de mon amour pour un nain. Je voulus me lever, c'était une façon comme une autre de le quitter, seulement je n'avais pas vraiment où aller, alors je lui offris une poire qu'il refusa :

— Plus tard, dit-il, quand tout sera clair entre nous.

Et il commença à me raconter l'histoire de notre amour, un récit très doux, presque enfantin, au rythme duquel je me laissai bercer. Ensemble nous traversions des contrées inconnues nous tenant par la main, nous pliions les genoux sous les voûtes des cathédrales, ensemble, au temps des vendanges, nous courions à en perdre haleine dans les vignes, épuisés nous dormions sur les plages au sable éblouissant ; puis nous regagnions la fraîcheur de la forêt, là où, enfin, sur un lit de fougères, nous faisions l'amour au pied des arbres centenaires.

Au fond, quelle importance que ce soit moi ou une autre dans son récit, puisqu'il l'a réinventé pour moi. De toute façon, je ne pouvais pas passer l'hiver seule avec le chat dans la ferme abandonnée.

Pour me laisser le temps de prendre une décision, il ramassait les poires pourries en un petit tas, au pied du banc :

— Au bénéfice des rongeurs, m'expliqua-t-il, l'hiver approche.

Je plongeai à nouveau mon regard dans ses yeux de glace et j'y vis bouillonner des remous indéchiffrables.

— Une bande me suit à la trace, tu ne pourras pas nous défendre, le chat et moi.

L'éclair du couteau me prit par surprise. Je vis le moineau cloué au sol et il me fallut du temps pour comprendre, le temps que le chat refasse son apparition et se mette, selon son habitude, à dépiauter consciencieusement la proie qui n'était pas la sienne. Le nain essuya la belle lame effilée sur la fourrure de l'animal et celui-ci ne s'en offusqua pas, et pourtant moi je devais suivre tout un protocole avant de pouvoir le caresser.

— Ce soir, dit le nain, nous allumerons un feu et ferons griller les champignons sur les braises. Nous partirons à l'aube. Jamais ils ne nous retrouveront, je te le promets.

L'odeur des champignons qu'il déposa dans le creux de mes mains adoucit la puanteur de charogne et de pesticides divers qui émanait de la plaine.

Pour la première fois depuis que j'étais assise sur ce banc, au carrefour des trois chemins en terre, il me sembla deviner au loin, tout au bout de l'un d'entre eux, la ligne noire d'une forêt. Je la montrai du doigt :

— Nous prendrons ce chemin-ci ?

— Cette forêt n'existe plus, depuis bien longtemps, tu crois la voir, mais c'est seulement le reflet du souvenir que j'en garde.

Poussées par un coup de vent, les plumes du moineau tué s'enroulaient sur elles-mêmes au beau milieu du carrefour. En les suivant du regard, le chat grignotait les derniers osselets.

— Alors, lequel des chemins prendrons-nous ?

Mon nouveau protecteur me dit que nous verrions

cela le lendemain matin. Ensemble, nous nous sommes dirigés vers la ferme abandonnée.

À la nuit tombée, toute la plaine embaumait les champignons grillés. Soudain j'ai entendu le bruissement des feuilles, la forêt renaissait, autour de nous les arbres arrivaient de toutes parts. Ils ne poussaient pas, *ils venaient*, pesants ou gracieux, avec leurs millions de feuilles si différentes les unes des autres, leurs racines commençaient à gratter la terre, ils s'installaient, se bousculant un peu à la recherche d'une place qui leur convienne. Les fougères se faufilaient entre les troncs en agitant leurs grands panaches. Des rires légers fusaient. Les blaireaux, les biches, le porc-épic, même le renard et le loup, ils étaient tous là. Une lumière très douce, un peu phosphorescente, fastueuse et pourtant humble, nous éclairait tous. Mon cœur se mit à battre à grands coups, tellement je craignais qu'elle ne disparaisse d'un instant à l'autre, cette lumière unique au monde que je croyais ne plus jamais revoir. Les lucioles! La forêt était de retour avec ses lucioles.

— Viens, il nous faut partir maintenant.

Après avoir piétiné les dernières braises de notre feu, le nain prit les devants. Autour de nous l'obscurité était profonde, même si très loin, à l'horizon, le ciel semblait blanchir.

Sur quel chemin étions-nous? Comme j'avais peur de froisser le nain en lui posant la question, je lui demandai s'il avait pensé appeler le chat avant de partir. Je sentis sa main, sèche et puissante comme une main de bûcheron, chercher la mienne :

— Les chats sont dangereux pour les lucioles.

Vingt-neuvième rencontre

Ce n'est pas la mère qui m'a demandé d'aller lui parler. Effondrée — il lui avait crié en plein visage sa joie d'avoir *enfin* tué son premier homme, le plaisir qu'il en avait tiré et sa détermination à choisir une nouvelle victime —, tassée sur elle-même, agitée de soubresauts, elle se vautrait dans sa douleur, incapable de faire le moindre geste pour le retenir.

Une autre femme, sa sœur peut-être, me le montra du doigt, entouré de sa petite bande de voyous :

— Va, arrête-le, au lieu de tenir des discours.

Il était beau, une tête aux traits aussi purs que ceux d'une tête de serpent.

— Je vais le faire, ai-je dit, sans bouger. Je vais le faire.

Avec le temps, j'ai perdu le goût du risque et cela ne lui a certainement pas échappé. Il a donné un ordre, la bande s'est mise en mouvement en s'éloignant de nous à pas mesurés.

Le visage caché dans ses bras, la mère a commencé à chanter la complainte du mort inconnu. Elle n'était plus qu'une ombre sur la toile de fond tissée dans mon dos.

J'ai visé le fils tueur et j'ai lancé de toutes mes forces la mandarine que j'avais dans ma main. Elle l'a atteint entre les omoplates. Avant qu'il ne se retourne, j'avançais déjà sur lui en me traitant de tous les noms : Qu'est-ce que je voulais prouver ? À qui ?

Dans les tours, les fenêtres s'illuminaient l'une après l'autre. La tête haute, au milieu de ses lieutenants déployés en demi-cercle, il m'attendait.

Je m'étais imaginé avoir appris tant de choses au long de ma vie, mais voilà que les mots me manquaient pour empêcher un homme de tuer par plaisir. Et ce désert, ce manque de mots était bien la chose la plus terrible, la plus honteuse qui me soit jamais arrivée.

Je m'étais arrêtée à portée du couteau dont je voyais luire la lame.

Je portai au visage la main dans laquelle j'avais tenu la mandarine et respirai profondément le parfum délicieux. Man-da-rine. J'avais perdu toute pitié pour autrui et pour moi-même.

Trentième rencontre

— Nous voudrions marcher jusqu'aux mouettes, me disent-ils.

Un court moment je les suis du regard. Ils avancent à grandes enjambées, l'écume des vagues vient se casser sous leurs pieds. Une grande tranquillité m'envahit, à chaque fois que mes amis s'approcheront des mouettes, avec un battement d'ailes elles iront se poser quelques mètres plus loin et eux, pour les rejoindre, ils continueront à avancer, s'éloignant ainsi toujours un peu plus de moi.

J'ai enfin appris à compter les grains de sable.

Jadis, quand je descendais sur la plage, pour attendre je ne sais quoi, je ne cessais de regarder ma montre. Comme je me jetais souvent à l'eau, croyant apercevoir une baleine blanche batifoler au large, ma montre a fini par s'arrêter et je ne l'ai pas remplacée. J'ai préféré dessiner des cercles sur le sable avec un bout de bois apporté par la mer. Chaque jour un autre cercle au centre duquel je fichais le bout de bois qui m'avait servi à le dessiner. Ce cadran solaire rudimentaire me permettait de jouir d'une grande liberté. Tout devenait approximation et jeu. Quand le vent du sud tombait, les hommes avec lesquels je faisais l'amour au bord de la mer laissaient l'empreinte de leurs pieds nus sur la plage.

Compter les grains de sable n'est pas une mince affaire, mais cela m'empêche de me jeter à l'eau.

De temps en temps des baleines viennent s'échouer entre mes bras, pourtant elles savent que je n'aurais pas la force physique de les remettre à l'eau. Nous mêlons nos larmes. Si seulement la baleine blanche, éternelle, poursuivait encore son chemin à travers mers et océans...

Voilà mes amis qui reviennent. Des mouettes se promènent devant moi laissant l'empreinte de leurs griffes sur le sable que je n'ai pas fini de compter.

Trente et unième rencontre, dans le piège

Au tout dernier moment, lorsque les deux trains roulant en parallèle nous foncèrent dessus, nous nous sommes rendus compte que notre voiture se trouvait prise entre deux rails. Je me suis agrippée au volant en espérant pouvoir garder la ligne droite du ruban bitumé, sur lequel nous nous étions étourdiment engagés. Le bruit des trains qui roulaient à toute allure des deux côtés de la voiture me donna l'impression d'être déjà broyée. Par réflexe j'ai accéléré, pour que tout se termine plus vite et soudain, le bruit resta avec les trains, quelque part, loin derrière nous. Mais le panneau de « sortie sans issue », je le vis trop tard, j'eus beau freiner, la voiture entra à cent vingt à l'heure dans le tunnel creusé à même le roc qui semblait être la première enceinte de la mine. Les roues bloquées, elle plongea sur la pente qui descendait de plus en plus profond. Des silhouettes grises s'agitaient dans la lumière des phares. Un énorme rocher me bloqua la route, heureusement la voiture avait perdu de la vitesse et je réussis à l'arrêter. En touchant les aspérités de la pierre, le pare-chocs émit un petit son dérisoire qui me fit prendre conscience de l'immensité de cette espèce de grotte dans laquelle nous nous trouvions. Deux soldats eux aussi habillés de gris et armés vinrent se poster des deux côtés de la voiture. Les trains nous avaient ratés, mais eux n'allaient pas nous rater si nous cherchions à nous enfuir. Et si je désirais quelque chose, c'était bien m'enfuir aussi loin que possible de cet endroit.

Ils ont tout de suite emmené Fred. Il était défiguré par la peur. Un grand type, vêtu d'une redingote de cette même couleur cendre qu'ils portaient tous, coiffé en plus d'un képi à liseré rouge, me fit signe de sortir de la voiture. Ses yeux marron clair, traversés de reflets cuivrés très particuliers, m'étaient connus, ils faisaient partie de ma vie antérieure, je désirais ce grand type vêtu d'une redingote militaire d'un autre temps ou plutôt ce que je ressentais pour lui était de l'amour, un amour dévastateur, si douloureux que je me souvins brusquement de lui, mon ex-amoureux d'il y avait au moins vingt ans. Jamais je n'avais pu le supporter. Il portait à l'époque des chemises à manches courtes qui laissaient voir ses avant-bras malingres à la peau blafarde, pleurait en m'attendant jusqu'au petit matin, recroquevillé devant ma porte, m'invitait à des promenades en barque sur un étang pas plus grand qu'une salle des fêtes et manœuvrait maladroitement entre les dizaines d'embarcations qui faisaient du surplace pour cause d'embouteillage.

— Apparemment, je ne te dégoûte plus, me dit-il.

Menaçants, des hommes tous habillés de salopettes grises sortaient de l'ombre et se rapprochaient de moi. De moi, pas de lui, c'est moi qu'ils encerclaient. Lui, c'était le chef, plus que le chef, il représentait le pouvoir, il était le pouvoir. Absolu. Cela se voyait à l'empressement que mettaient ses esclaves à me réduire à néant devant lui. Je crois que je l'avais compris dès le début et les hommes qui guettaient, invisibles, je les avais devinés cachés, prêts à répondre à ses ordres. Malgré le gris qui les rendait semblables, la redingote et surtout le liseré rouge du képi faisaient la différence.

Il fit un signe et les hommes en salopettes grises s'arrêtèrent. Ce n'était pas un cercle qu'ils formaient, mais un ovale. Je me trouvais, si l'on peut dire, au centre de l'ovale et lui à la pointe ; il lui suffisait donc de reculer d'un ou deux pas pour me laisser seule, face à sa meute. Une meute de détenus, certes, ces gens-là ne pouvaient être que des détenus dressés à la peur. Et celui qui gérait la peur, c'était lui.

— Alors, qu'est-ce qu'on fait ? me demanda-t-il.

Ses yeux marron clair aux reflets cuivrés ne quittaient pas les miens.

— Je t'aime.

Il fit un deuxième signe et les hommes en gris se fondirent dans l'ombre des parois taillées dans le rocher. Nous étions seuls, au fin fond d'une voie sans issue.

Trente-deuxième rencontre

Blanc, le village où j'étais venue m'échouer pour ces vacances, par mégarde, par fatigue, par esprit de contradiction, par ceci et par cela. Blancs les murs de la maison que j'habitais, ses meubles, ses rideaux, la vaisselle, blanches les feuilles des arbustes dans le jardin au sol de sable blanc, l'eau du lac blanche, sous le ciel éclairé par un soleil lunaire. Dans mes valises je ne retrouvais que des vêtements blancs, alors que je me souvenais y avoir mis tous mes tee-shirts les plus colorés. Je m'habillais donc en blanc ; dans le miroir, je me trouvais encore plus ridée que d'ordinaire et chaque jour je sortais errer dans les ruelles blanches, désertes. Les nuits je rêvais de noir.

Enfin, au cours de l'une de ces errances, émergeant de ce gouffre de blancheur, une tache bleue vint à ma rencontre. Un homme vêtu de jeans montait la ruelle en pente que je m'apprêtais à descendre. Malgré les cannes anglaises sur lesquelles il prenait appui, sa démarche avait une certaine souplesse. Rapidement, nous nous sommes croisés. Dans le fouillis poivre et sel de sa barbe mal rasée, le rouge enfantin de ses lèvres gourmandes attira mon regard. Je sentis chez lui la même hésitation à continuer son chemin que j'éprouvais moi-même. Après avoir fait quelques pas, chacun dans notre direction, nous nous retournâmes pour nous dévisager.

— Veux-tu visiter mon jardin ?

Pas l'ombre d'un sourire : ni dans ses yeux, ni sur sa bouche, ni dans le dessin des rides immobiles — il était vieux, très vieux et, curieusement, son manque d'amabilité me rassurait plutôt.

— Je n'ai rien vu dans ce village qui ressemble de loin ou de près à un jardin.

— Le blanc ne te sied pas et les faux-fuyants non plus, me lança-t-il. Tant pis, je t'aurai donné une chance, une deuxième chance.

Je n'avais aucune raison de suivre ce vieux type bizarre et c'est pourtant bien ce que je fis. Dès que je lui emboîtai le pas, il se radoucit et malgré le silence que nous gardions en marchant, il y avait entre nous comme une vieille entente qui se serait réveillée.

J'avais perdu la notion du temps. L'idée que je n'étais tout simplement que le fantasme de ce vieux monsieur pointant à ce moment-là sa canne anglaise vers moi ne me troublait pas.

— Ne t'arrête surtout pas aux détails, sinon tu vas à nouveau tout gâcher.

« À nouveau ? » Mais sans le moindre signe prémonitoire, la couleur se posa sur nous, autour de nous, s'envola sous nos regards, elle s'étala sous nos pieds. Nous étions au cœur d'un jardin éclatant dont je n'aurais jamais pu soupçonner l'existence ni la beauté. Je me suis penchée pour poser mes lèvres sur les pétales du lys rose saumon, tacheté de violet, qui venait de s'ouvrir devant moi et je me suis dit que la date de ma naissance n'était finalement rien de plus qu'un détail.

Nous avancions à travers la couleur, des parfums connus venaient à ma rencontre. Sous le cerisier dont les fruits semblaient avoir été en partie cueillis, je ne pus m'empêcher de me hausser sur la pointe des pieds en m'étirant à me démettre l'épaule pour atteindre une grappe de cerises rouges, brillantes. Dans ma bouche leur saveur me fit tourner la tête.

Le vieux me regarda avec une expression étrange où la colère se mélangeait à l'amusement. Je lui demandai ce qui lui était arrivé, pourquoi les cannes anglaises. Il me répondit que parfois les gens d'en bas, de la vallée, s'excitaient contre lui, il pouvait les voir lever le poing en proférant des menaces, puis un jour ou l'autre ils lui tendaient un piège et le passaient à tabac, après quoi ils se calmaient pendant un certain temps.

— Il y en a qui me détestent, ceux-là tapent fort, d'autres, indifférents, laissent faire. Quelques-uns prennent ma défense, mais ils ne sont plus très nombreux. Jadis, c'était différent.

Soudain, il ne resta plus que du courroux dans ses yeux. Il avait jeté ses cannes et m'agrippait de ses deux mains aux doigts longs et durs, me secouait comme un jouet, criant que je n'avais pas le droit de cueillir les cerises, que je n'en faisais toujours qu'à ma tête, que tout était de ma faute. Il criait, déchaîné, pourtant je n'étais pas effrayée et l'absence de peur m'inquiétait. Cette scène, je l'acceptais comme si elle était prévue, avec une seule vraie crainte : voir le jardin disparaître et finir par replonger dans le blanc.

Il se calma d'un seul coup :

— Dommage, dit-il, on aurait pu rester ensemble, sans le troisième cette fois-ci, seuls, toi et moi. Les choses se seraient peut-être agencées d'une tout autre façon. Oui, répéta-t-il en regardant dans le vague, sans le compagnon de jeux que je t'avais donné et que tu t'es empressée de prendre comme amant, seuls, juste toi et moi.

Une lumière vive éclata sous mon crâne, des bribes d'histoires s'enchaînaient, il me semblait comprendre enfin ce qui était jusqu'alors resté en dehors de mon entendement. Je l'accusai d'avoir tout gâché, lui, par sa jalousie et je crois me souvenir de l'avoir traité de vieux manipulateur maniaque.

Cependant tout cela concernait, peut-être, quelqu'un d'autre, mais qui ? Peut-être aussi que rien de tout cela n'a jamais eu lieu dans le plus beau des jardins que j'aurais pu imaginer en rêve.

Je ne sais pas comment j'ai fait pour me retrouver dans la vallée. À l'auberge, au bord du lac, des gens du coin et des touristes étaient attablés sous des parasols multicolores. Aucune de ces couleurs ne valait celles de là-haut.

Les gens autour de moi regardaient dans leurs assiettes et dans leurs verres. Un essaim d'abeilles traversa la terrasse, tout le monde se mit à crier et à écraser celles d'entre elles qui tombaient à terre. Personne ne leva les yeux pour essayer de suivre leur envol.

J'étais fatiguée comme après un long voyage et j'avais soif. Je vidai mon verre de thé glacé et montai dans le bateau qui s'apprêtait à faire la traversée du lac. Il me sembla voir encore l'essaim d'abeilles monter de plus en plus haut dans le ciel d'un bleu intense.

Trente-troisième rencontre

Elle avait passé la journée à monter et à descendre, avec ses cannes anglaises, les ponts arc-boutés qui enjambent les canaux de la ville magique. Fatiguée et heureuse, elle emprunte un raccourci, une ruelle étroite, pour rentrer à son hôtel. Finalement, elle aime bien ses cannes anglaises bleu dur. Une couleur joyeuse et même un peu provocante, difficile de ne pas les remarquer. Ses amies avaient voulu prolonger la soirée dans un restaurant mais elle, elle avait envie de se retrouver seule, fermer les yeux et ciseler le souvenir qu'elle voulait garder de cette journée.

Arrive jusqu'à elle le bruit d'une dispute. L'écho l'empêche de situer la maison où elle a éclaté, une porte s'ouvre dans une encoignure, deux jeunes gens, agrippés l'un à l'autre, déboulent dans la ruelle. Ce n'est pas vraiment une bagarre, pas non plus vraiment un jeu, des coups sans grande violence, des esquives adroites, ils tournent sur eux-mêmes sans lâcher prise, se rapprochent dangereusement d'elle. Elle s'arrête, jambes écartées, genoux légèrement pliés, en espérant que ses muscles affaiblis tiendront le choc, cale les embouts des cannes entre les pavés et attend. Elle se voit déjà étalée par terre, incapable de se relever, quand retentit, lancé par le plus petit des deux lutteurs :

— Attention !

De dos, l'autre semble ne l'avoir pas vue, pourtant avec un réflexe rapide, d'un saut sur le côté, il réussit à éviter la collision. Il se retourne. Elle ne fait pas un geste. Des yeux verts avec, au fond, des ombres grises. Jeune et sans cannes, j'aurais pu tomber amoureuse de lui, se dit-elle. Leurs regards s'affrontent, chacun essaie de pénétrer la pensée de l'autre tout en verrouillant la sienne. Le regard du jeune homme est sans pitié. Il la transperce, elle tient bon. Et puis, sans trop savoir pourquoi elle dit : « Merci » et repart. Elle avance lentement. Au bout de la ruelle il y a un mur blanc badigeonné de soleil. Elle n'entend aucun bruit derrière elle. Merci de quoi ? C'était plutôt bête de dire ça.

En face du mur blanc, la devanture d'un marchand de couleurs. Dans de petites boîtes en bois, de la poussière, bleu turquoise, terre de Sienne, vert Véronèse, bleu d'outremer, jaune or, sang du dragon. À chaque fois qu'elle se penche vers l'une des boîtes elle voit ses yeux qui prennent différentes couleurs. À chaque fois le regard est sans pitié.

Le regard du jeune homme était-il le reflet de son propre regard ?

Non. Si. Peut-être.

Le bonheur s'éteint. Seule reste la fatigue.

Poussière.

Trente-quatrième rencontre,
à l'orée de la forêt

Il était grand, le visage rouge, marbré de violet. La moustache raide cachait mal une bouche maussade.

Il n'était ni pire ni meilleur que les autres, pourtant quelque chose le rendait unique : il était propriétaire d'une forêt qui ne dépassait pas cinq cents mètres carrés. Sitôt acquise, il s'était empressé de la clôturer en l'entourant de fils barbelés, bien tendus entre des piquets verts dont il rafraîchissait chaque printemps la peinture. Quant aux autres habitants du village, ils s'étaient empressés, eux, de surnommer l'endroit « le potager forestier ». Ils observaient avec un amusement teinté d'une pointe de méchanceté l'attention que son propriétaire lui accordait. Il avait élagué, nettoyé, replanté, protégé les jeunes arbres contre les rongeurs et fait la chasse aux taupes qui semblaient y avoir trouvé un lieu de prédilection pour creuser leurs galeries. En fin de compte, même s'il prend les arbres pour des poireaux, le propriétaire du potager forestier n'est peut-être pas un mauvais bougre, se dirent les villageois.

Quand il eut fini de clôturer et de planter, il acheta un

chien, un berger allemand. La vieille dame, membre d'une société de protection des animaux, s'était inquiétée : « Il bat sa femme, alors c'est le chien qui sera maintenant son souffre-douleur ? » L'assistante sociale, elle, soupirait : « Tant pis pour le chien, si au moins il laissait sa femme en paix. »

À toutes deux, les gens vinrent bientôt raconter qu'on le voyait de plus en plus souvent promener son chien à la lisière des bois, à l'extérieur du « potager », le long des barbelés, comme un gardien de camp, pour empêcher toute évasion possible. Beaucoup s'arrangeaient pour aller vérifier la nouvelle et confirmaient : « Il est là, à n'importe quelle heure du jour et de la nuit. Parfois il jette des bouts de bois à son chien, le chien les rapporte. Si on s'approche de son enclos, il a un drôle de regard. »

Le jour de la cueillette du muguet, il y eut foule comme jamais du côté du « potager », mais tous les sentiers qui s'enfonçaient dans la forêt avaient été barrés par des troncs d'arbres. Le visage rouge, marbré de violet, la moustache en bataille, le propriétaire faisait les cent pas :

— Allez-vous-en, répétait-il, ou je fais sauter la forêt.

Son berger allemand tournait autour de ceux qui essayaient de le raisonner. Les gens étaient de bonne humeur et ils riaient encore quand il a commencé à les insulter. Puis, comme il se faisait tard, les hommes ont donné un coup de bâton sur le museau du chien et ceinturé son maître, le temps de démolir l'amoncellement des troncs d'arbres pour ouvrir les sentiers à leurs familles. Les enfants se sont précipités à la recherche du muguet, suivis par les femmes. Les hommes venaient en dernier, commentant les événements.

— Par ici, venez, venez! criaient les enfants.

Les fleurs étaient partout sous leurs pieds, il suffisait de se baisser pour les cueillir, leur parfum délicat embaumait.

Le bruit de la déflagration parvint jusqu'à eux en ondes répercutées par la forêt.

Ils coururent en piétinant le muguet. Certains, dont j'étais, qui se trouvaient près de la lisière, virent des vieux arbres monter tout droit vers le ciel, alors que leurs branches désarticulées se détachaient des troncs et tournoyaient sur elles-mêmes, mais lestés par leurs grosses racines, ils retombaient lourdement. Les jeunes arbres, eux, libérés du poids de la terre, dansaient dans le ciel, portés par les hauts courants et bientôt disparurent de notre vue.

Nous cherchâmes partout le propriétaire de la plus petite forêt du monde et son chien, sans jamais les retrouver.

Trente-cinquième rencontre

Ils craignent notre musique, nous les aurons à l'As de pique.

C'est le slogan écrit au charbon que je lis sur le mur de la maison en face de la mienne. Il y a aussi, collée sur le tronc des arbres, la photo de la belle chanteuse d'opéra qui est devenue un symbole parce qu'elle continue à chanter, partout où elle le peut, avec l'espoir irréductible de changer les choses. Nous ne sommes plus très nombreux à survivre, pourtant, comme les autres, j'ai ouvert les fenêtres et à longueur de journée, à longueur de nuit, je passe et repasse les deux douzaines de disques que je possède avec de la musique d'opéra. Monteverdi, Gluck, Rossini, Verdi, Mozart...

À longueur de journée et à longueur de nuit passent et repassent, enchaînant rondes sur rondes, les molosses et leurs maîtres. La ville est quadrillée. Tête plate, mâchoire puissante, ces molosses qui ressemblent à des sauriens sont plus ou moins différents les uns des autres. Nous les reconnaissons à leur couleur, aux taches de leur pelage, à la forme de leurs yeux, à la façon qu'ils ont de nous montrer les crocs, mais sous le masque de bébé joufflu aux yeux qui louchent, nous n'arrivons plus à identifier les maîtres. Ils le portent tous, à l'identique.

Je descends dans la rue. Il me suffit de me déplacer d'une dizaine de mètres, les airs changent, les interprètes aussi. Dans la rue étroite qui longe le canal, j'entends une voix de haute-contre ; il y a comme un brouillard entre ce que j'entends et ce que je sais que je devrais entendre, pourtant je me laisse aller à un bonheur empreint de tristesse, anesthésiant. Les molosses et leurs maîtres défilent derrière moi et devant moi sur l'autre rive du canal, pas un instant sans que s'inscrive sur ma rétine leur va-et-vient continu sur le pont qui relie les deux rives. Leur raison d'être est notre peur. Si un jour nous venions tous à disparaître, ce jour-là, ils s'évanouiraient peut-être sans laisser de traces.

Entre les colonnes de la terrasse qui surplombe le canal, se tient la belle diva, elle chante ou fait semblant de chanter, car la seule musique que j'entends en ce moment même est un chœur d'enfants et vient de la petite maison basse. Malgré ses fenêtres aux volets bleus, fermés, je ne peux pas me tromper. Deux maîtres, deux molosses, se sont arrêtés devant le portail de la même couleur que les volets. L'un des maîtres sort une bombe à peinture de la poche de sa veste et, avec habileté, trace une sorte de serpent noir sur le bleu paisible. Tous les deux, ils excitent les molosses qui montrent les crocs puis, remettant en place les oreillettes de leurs baladeurs à travers lesquelles suinte une cacophonie de sons, ils continuent leur ronde.

Mon mari s'avance vers moi à visage découvert. Disparu depuis plusieurs mois, je le croyais mort. Le molosse qu'il tient en laisse est un croisement entre un crocodile albinos et une souris blanche, monstrueuse. Mon mari me tend un masque de bébé joufflu :

— Mets-le et viens avec moi, me dit-il. C'est ta dernière chance. Si tu la rates, je ne pourrai plus te sauver.

Les yeux roses de la grosse souris blanche fixent mon cou. Au-dessus de nous, sur la terrasse, la voix de la diva s'élance, survole les rues désertées, laissées en proie au nouvel ordre, plane au-dessus des maisons dans lesquelles se terrent les nôtres, abasourdis par leur propre couardise.

J'arrête les larmes aux bords de mes paupières et je repousse le masque de bébé joufflu. En haussant les épaules, mon mari fait demi-tour. Il se dirige vers l'entrée de la maison surmontée par la terrasse à colonnes. Quelques instants plus tard, là-haut aux côtés de la femme qui maintenant chante de toutes ses forces un air inconnu dont les aigus semblent déchirer le ciel en lambeaux, apparaît un masque de bébé joufflu. Je sais ce qui va s'ensuivre. Pourtant je ne veux pas le croire, comme je ne peux pas croire que sous le masque il y a *son* visage à lui.

Blanc, entre les colonnes blanches, le molosse est à peine visible. La femme disparaît, elle a dû tomber, son cri est encore chant, la voix se casse. Je me bouche les oreilles pour ne plus entendre les grognements de la bête.

Je rentre lentement à la maison. Une fois les fenêtres fermées, je reprends *La Traviata* là où elle s'était interrompue et c'est comme si rien ne s'était passé.

Trente-sixième rencontre

J'allais, jouant des coudes à travers la foule qui se déversait dans les rues, je demandais à droite à gauche si personne n'avait vu mon frère. Une femme, la première, me demanda comment il était, d'autres prirent la relève de sorte que je fus obligée de répéter sans cesse : « Je ne l'ai jamais vu, c'est pour cela que je le cherche. » La même femme a fini par s'exclamer : « Viens, je vais te le montrer, ton frère ! » Bientôt le chœur se mit à scander : « Viens, on va te le montrer, ton frère ! »

Ils m'ont poussée dans la cahute devant laquelle je passais chaque jour sans jamais m'inquiéter de savoir si quelqu'un y vivait. Je me suis pris les pieds dans je ne sais quoi et suis tombée à genoux sur les immondices qui jonchaient le sol. Petit à petit, mes yeux se sont habitués à la demi-obscurité. La seule source de lumière venait des trous que la rouille avait faits dans la tôle du toit. Dans le coin le plus reculé se blottissait un homme dont je ne devinais en somme que la tête, le reste disparaissait sous un tas de haillons. Une fois mon briquet allumé, la flamme a éclairé un visage blanc mangé par la barbe et les cheveux broussailleux. Il aurait pu être mon frère que je ne l'aurais pas reconnu, mais je n'avais pas de frère, ce n'était qu'un jeu, un gage que je devais remplir pour avoir perdu un pari. L'homme gardait les yeux fermés. Ses paupières grisâtres semblaient ne plus s'être relevées depuis longtemps. Ou était-ce à cause de la lumière ? J'ai éteint mon briquet, il m'était impossible de me souvenir de l'enjeu du pari perdu. L'homme grognait doucement et il continua à grogner pendant que je parlais. Je lui ai raconté pour le gage et comment les gens m'avaient poussée à l'intérieur de la cahute, je lui ai raconté ce que je faisais dans la vie et comment je passais mon temps. Si je me taisais, des rires me parvenaient de l'extérieur. J'ai essayé de repousser la plaque en tôle qui servait de porte, mais comme je m'y attendais, elle était bloquée. La foule, la même ou une autre qui peut-être ne savait absolument pas comment tout cela avait commencé, n'arrêtait pas de traîner des objets lourds, probablement ce qui lui tombait sous la main, qu'elle amoncelait devant la porte afin de nous empêcher de sortir. J'avais pensé « nous », pourtant je n'arrivais pas à trouver une raison acceptable pour mourir dans cette cahute. J'étouffai le bruit de mes sanglots, ils semblaient énerver l'homme qui, la tête entre les mains, se balançait d'un mouvement de plus en plus coléreux.

Des vagues de puanteur déferlaient sur moi, le temps s'était arrêté. Épuisée, je crois m'être endormie. Quand j'ai repris conscience, je me traînais à quatre pattes dans l'obscurité d'une galerie étroite dont les parois devaient s'effriter à mon passage, car je sentais les mottes de terre tomber sur mon dos. L'homme devait me devancer, il émettait des petits grognements répétés qui me semblèrent être un code dont je n'avais pas la clef, certes, mais que j'interprétais comme des messages d'encouragement. Une forte émotion balaya ma peur. Je ne sais pas combien de temps nous nous sommes déplacés ainsi. Une heure ? Un jour ? Deux ? Soudain, j'ai senti que le sol de la galerie montait brusquement et il me devenait de plus en plus difficile d'avancer. Je peinais. Sans crier gare, je me suis retrouvée à l'extérieur dans un lacis de branches qui me griffaient à chaque mouvement. Il me fallut retrouver mon calme pour pouvoir me glisser hors du fouillis des arbustes sous lesquels débouchait la galerie. En regardant autour de moi, je vis que je me trouvais dans un petit parc public, complètement désert. Le soir commençait à tomber et mon frère avait disparu.

Plus tard, je repris le chemin de la cahute. Seule la terre fraîchement grattée par une pelleteuse était la faible preuve qu'elle avait existé. Un jeune homme aux cheveux gominés me regardait d'un air goguenard :

— Le singe, ils l'ont emmené au zoo.

Le singe ! J'essayais de parler, croyais faire tout ce qu'il fallait faire pour parler et pourtant je n'arrivais pas à prononcer un seul mot. Finalement, je réussis à bafouiller :

— Mais quel zoo ? Il n'y a pas de zoo dans notre ville.

Le jeune homme fit un pas vers moi :

— Peu importe, on en trouvera bien un pour vous aussi, au cas où vous continueriez à troubler l'ordre.

Depuis, je cherche partout mon frère avec un bien mince espoir de jamais le retrouver. Je ne pense pas qu'une deuxième chance me soit accordée.

Trente-septième rencontre, sous le cognassier dépouillé

Un homme avec un fusil posé en travers des genoux est assis dans mon jardin, sur le tapis des feuilles jaune orangé du cognassier dépouillé par l'automne.

Je devrais avoir peur ou, au moins, être en colère, mais la lumière ineffable distillée par les feuilles vient vers moi et je me sens hors de toute atteinte.

— Que faites-vous là ?

L'homme me sourit :

— J'ai oublié mon nom, vous pouvez m'appeler comme bon vous semble.

Je n'ai pas envie de donner un nom à cet homme, alors je lui dis qu'il devrait partir.

— Impossible ! Vous êtes la seule à avoir un cognassier dans le coin.

Sous une barbe de plusieurs jours, les traits de son visage ont quelque chose de brouillé, de mal dessiné, peut-être à cause de l'immensité de ses yeux, dont le regard me traverse comme si je n'étais qu'une simple forme en verre ou comme si, déjà, je n'étais plus. Je lui demande par où il est entré, il me fait un geste vague, vers la haie de cyprès, profonde, aux branches entrelacées. Puis :

— C'est maintenant que les lampions se forment dans l'inconscient du cognassier, un moment délicat pour l'arbre.

Et l'arbre prend soudain une importance capitale dans ma vie. Il paraît un peu souffreteux avec ses branches tortueuses et son tronc penché sous le souffle des vents du nord. Je dis à l'homme qu'au printemps, ses fleurs, peu nombreuses au demeurant — rien à voir avec la floraison folle du cerisier —, étaient très belles, parfaites. Je lui dis aussi que ce sont mes préférées, puis je me tais parce qu'il pointe son fusil sur moi :

— Nous ferons de la confiture de coings, n'est-ce pas ?

Je pourrais lui dire que j'en ai fait, qu'il y a des pots dans le placard de la cuisine, malheureusement je laisse la peur m'envahir. Je voudrais le toucher, m'assurer... de quoi voudrais-je m'assurer ? Je n'en ai aucune idée, pourtant je fais un pas vers lui ; il m'intime l'ordre de ne pas bouger :

— Il faut attendre, dit-il, attendre que cette année s'achève, que l'autre commence et que la sève remonte.

Et nous attendons. J'ai mal au dos, mais à chaque fois que j'essaie de bouger il lève le fusil. Je garde mes yeux fixés sur le cognassier et pense à la perfection de ses fleurs blanches teintées de rose.

Trente-huitième rencontre

Un seul pas et nous nous retrouvons prisonniers du tapis roulant. La foule que nous sommes avance en rangs serrés, aucun changement de direction n'est plus possible, faire demi-tour serait inacceptable, nous sommes donc obligés d'aller jusqu'à l'autre bout où nous toucherons à nouveau le sol ferme. En choisissant le couloir parallèle, qui aurait sollicité à peine un peu plus les muscles de nos jambes, nous aurions atteint le même point en évitant l'embrigadement. Je sens dans mon cou le souffle de celui qui se trouve derrière moi et la bonne femme aux cheveux gris relevés en chignon qui me précède doit sentir le mien sur sa nuque.

— GARDEZ LES PIEDS À PLAT.

Lancée par des haut-parleurs que je n'ai pas eu le loisir de remarquer — hier encore il n'y en avait pas —, l'injonction me surprend. Pour avoir ralenti une fraction de seconde, je me fais marcher sur les pieds. À deux doigts de perdre ma chaussure, je m'accroche à la main courante. Je n'ai pas le temps de me remettre que la mise en garde se répète :

— GARDEZ LES PIEDS À PLAT.

Et ça ne s'arrête plus : gardezlespiedsàplatgardezlespiedsàplatgardezlespieds...

Monocorde, cauchemardesque, la voix d'un homme ressasse inlassablement ce qui est censé être la preuve de l'attention qu'on nous porte. Qui, *on*? Comment en sommes-nous arrivés là? Tout en vérifiant si je garde les pieds à plat, j'avance en tendant l'oreille, des éclats de rire pourraient encore nous sauver, mais nous restons désespérément muets, un-deux-trois, un-deux-trois, gardez-les-pieds-à-plat. Et puis, soudain, à quelques pas de moi, un jeune homme aux yeux en amande esquisse un pas de danse, fait une pirouette, ses cheveux longs s'envolent, une deuxième pirouette, il enchaîne.

— GARDEZ LES PIEDS À PLAT.

Il serait encore temps d'applaudir! Je lâche la main courante pour frapper dans mes mains. Le jeune homme vacille, disparaît de ma vue, il se forme une sorte de remous là-bas, devant, gardez les pieds à plat, nous continuons d'avancer, je bute sur le corps recroquevillé, j'essaie inutilement de le protéger, des dizaines de pieds passent à côté de lui, certains l'enjambent, d'autres le piétinent.

— Arrêtez la machine! crie la femme aux cheveux gris.

D'un coup dans les reins, je suis projetée en avant, je marche sur quelque chose de mou et il me semble entendre craquer les os fragiles du danseur.

— GARDEZ LES PIEDS À PLAT, GARDEZ...

Bientôt je serai arrivée à l'autre bout du tapis roulant.

Trente-neuvième rencontre

Nous avons certainement dû faire l'amour et je crois me souvenir que c'était bien. Merveilleux. Parfait.

Maintenant, il n'y a plus trace de tension entre nos corps nus. Plus de désir. Pas le moindre frémissement d'une envie à venir. Aucune attente. Pas non plus de désespoir. Seul le poids d'une immense tendresse.

À mes côtés, le corps de mon bien-aimé. Celui-là même que je prends chaque jour dans mes bras et que je plie pour l'asseoir dans le fauteuil roulant. Collé à son flanc, mon propre corps, avec ses muscles fatigués et ses bourrelets.

À travers nos peaux fragiles passe de l'un à l'autre le crépitement de notre angoisse.

Autour de nous le silence se fait de plus en plus profond. Notre génération s'éteint et c'est chacun pour soi. L'amour, nous le faisions il y a cinq ans, dix ans, peut-être. L'eau, le feu et la terre, nous avons tout appris.

Nous sommes en train de mourir.

Je prends mon bien-aimé dans mes bras et je l'installe sur son fauteuil roulant. Sans jamais s'énerver, il patiente, le temps que je fixe mes faux cils.

Ensemble, nous longeons les grandes falaises. À tour de rôle, tantôt lui en manœuvrant les roues, tantôt moi en le poussant, nous faisons avancer le fauteuil jusqu'au bord du précipice et il ne proteste pas quand je cale les roues avec deux grosses pierres. Un jour il protestera, alors nos corps prendront leur envol et mes faux cils planeront un moment pour aller se poser ensuite n'importe où.

Comme d'habitude, de vieux ânes abandonnés, couverts de plaies, viennent à notre rencontre tout en grignotant les chardons que le vent fait rouler de-ci, de-là.

Quarantième rencontre

Ils le lui ont présenté :
— Le Détourneur, ont-ils dit.
Elle connaît leur manie pour les surnoms, toutefois une crainte diffuse l'a traversée sans qu'elle lui accorde pour autant grande attention. Ils sont allés jouer aux cartes et, comme d'habitude, elle s'affaire à mille petites tâches en faisant semblant de ne pas entendre les mots absurdes qu'ils croisent par-dessus les cartes, tout en essayant de les ordonner pour les rendre cohérents. Le sens d'une grande partie de tous ces mots lui est parfaitement connu, mais leur assemblage ne lui apporte que le sifflement d'une tempête annoncée.

Au petit matin quand ils s'en vont, le Détourneur reste. Il est grand, bien bâti. Silencieux. Elle s'habitue à sa présence et attend le moment où elle comprendra pourquoi il est resté. Les autres, les joueurs de cartes, une bande de rigolos qu'elle croyait inoffensifs, ne sont plus revenus.

Dans le va-et-vient incessant et profondément déréglé des populations d'oiseaux migrateurs, le travail de recensement devient de plus en plus fastidieux. Lorsque le soir, elle rentre, vannée d'avoir passé la journée dans les marais, le Détourneur lui prépare une eau-de-vie chaude. Le fumet qui monte de la tasse lui rappelle vaguement sa jeunesse.

— Pour finir, il te faudra bien rentrer chez toi, grogne-t-il.

La migration des oiseaux suit le chaos des mots. Qu'à cela ne tienne, elle se laisse fondre de bonheur dans la beauté du coucher de soleil.

L'homme revient à la charge, la détourne brutalement de ce bonheur qu'elle éprouve en contemplant le sentier dessiné, jour après jour, par ses pas.

— Regarde en arrière et retrouve ton chemin, le seul, l'unique chemin à prendre, celui qui t'est destiné.

Chemin ombragé qui file entre deux rangées de tilleuls en fleur, sur lequel les joueurs de cartes s'avancent regroupés en une bande joyeuse et lui font de grands signes d'amitié. Plus loin, si loin qu'elle les devine plutôt qu'elle ne les voit, une jeune fille et un garçon s'embrassent, enveloppés d'une brume légère.

— Tu les reconnais? lui demande méchamment le Détourneur.

Elle ne se défend pas de les reconnaître, sa mémoire, elle, n'a jamais migré. Les tilleuls en fleur, la fille et le garçon restent des mirages éblouissants dans le jeu de miroirs. Passé, présent.

Elle vide la bouteille d'eau-de-vie aux pieds du Détourneur et face au soleil couchant elle reprend le chemin des marais. Le chaos des mots s'estompe, l'air n'est que froissement soyeux, bruissement des ailes en vol.

Sans se presser, en prenant garde où elle met les pieds, elle traverse les marais et arrive à la tombée de la nuit sur la place du bourg, devant la vieille église romane, éclairée pour la nuit. Assise sur les marches de l'escalier, elle mord à pleines dents dans un grand sandwich qu'elle ne se souvient pas d'avoir acheté au café dont elle voit l'enseigne lumineuse : Bar de la Passerelle.

Quarante et unième rencontre, enfin le colibri

Il ne sait pas ce qu'il fait dans cette chambre d'hôpital. Couché dans son lit, visage cireux, le malade égrène des noms de garages :
— Garage Delys, garage Gondin, garage Viraux, garage Petit, garage Mercier...
Delys, c'était en 42! Il les connaît ces noms de garage, ils figurent dans son propre dossier de retraite et ce pauvre type qui est en train de mourir, il le connaît aussi, mais ce n'est pas pour autant qu'il n'en a pas marre de l'écouter. Le pire, c'est qu'une fois arrivé à la fin de la liste, le malade, sans marquer la moindre pause, recommence depuis le début.

Assise sur une chaise au pied du lit, une jeune femme croise et décroise ses jambes à la recherche d'une position confortable pour écrire dans le bloc-notes qu'elle tient en équilibre sur ses genoux.

Il trouve curieux le fait qu'elle ne s'étonne pas de sa présence. Qui est-elle? Quels fils la relient au vieux garagiste? Elle ressemble beaucoup à sa petite-fille, pourtant ce n'est pas elle, elle n'a aucune raison de se trouver dans cette chambre d'hôpital moche à pleurer, avec son unique fenêtre qui ne s'ouvre jamais et dont le voilage défraîchi ressemble à un linceul.

— ... garage Solen, garage Grimaux, garage Le Poitier...

Quel abruti! Mais parle donc d'Hélène, tu adorais lui faire l'amour, tes ardeurs la faisaient rire, parle de ta passion pour le vélo, tu as gagné en 37 et en 38, raconte un peu comment tu démariais les betteraves à la bêche avec Hélène — elle était pourtant un peu fragile du dos —, que vous deux sur des hectares et des hectares, à pied d'œuvre dès cinq heures du matin, il vous fallait des sous pour la maison, raconte-lui à cette brave gamine, tu vois bien qu'elle s'ennuie et moi avec elle, tu nous barbes avec tes garages.

Celui qui se prend pour un simple visiteur se penche par-dessus l'épaule de la jeune femme qui ressemble à sa petite-fille. Qu'est-ce qu'elle peut bien écrire avec tant d'application? Ses yeux embués ont du mal à déchiffrer les lettres, puis les mots sortent par groupes du brouillard :

LISTE

sucre	viande pour farce	lessive
farine	steak haché 5 %	détachant
huile d'olive	oignon	
chapelure		

C'est normal, se dit-il, tout à fait normal. En marchant sans bruit, avec une étrange légèreté, il fait les cent pas dans la chambre d'hôpital où apparemment il attend quelque chose sans savoir quoi. Il va jusqu'à la fenêtre. Que du béton dans la cour intérieure. Une cheminée, des cubes mystérieux, des murs, quelques gros champignons d'aération, le tout dans la grisaille, un petit rectangle de ciel plombé. Automne ? Hiver ? Printemps ? Pas un arbre dont les feuilles pourraient replacer le cours du temps dans ses ornières.

Submergé par une grande fatigue, il se détourne de la fenêtre qui débouche sur nulle part et, à ce moment précis, il sait que c'est bien lui ce vieux garagiste couché sur son lit de mort qui voudrait dire tant de choses essentielles à sa petite-fille et qui continue à égrener des noms de garages entre ses gencives édentées. Tant pis, cela n'a plus d'importance, car maintenant la longue attente est terminée. Un oiseau minuscule vole au-dessus de son lit. Ses ailes battent l'air avec une agitation joyeuse et le vert profond de leur plumage irradie une lumière de la même couleur. Malgré le bec effilé, il n'y a rien de menaçant dans l'attention avec laquelle il observe le vieux garagiste qui esquisse un sourire.

— Colibri, dit-il, d'une voix claire, heureux de pouvoir prononcer le mot clef.

La jeune femme s'arrête un instant, puis se remet à écrire dans le bloc-notes :

... ampoules 60 watts, bière, Schweppes, jus d'orange..

Quarante-deuxième rencontre

— Regarde, me dit-il, en pointant l'index vers le mur. Là-bas, à une dizaine de mètres de l'endroit où nous étions assis, sur la margelle en pierres moussues du puits, je dansais projetée sur le mur de glaise et de bouse, blanchi à la chaux. Danse absurde, libérée de toute contrainte traditionnelle, sans pointes ou arabesques, sans trémoussements joyeux ni déchaînements lascifs.

Une seule fois dans ma vie j'avais dansé ainsi pour un homme aux yeux immenses, habitués à percer le mystère des minéraux et dont le regard recouvrait ma peau d'une fine poudre étincelante.

— Où l'as-tu trouvée, cette diapo ?

— Dans une boîte en plastique, pleine d'autres vieilles images. Les ouvriers l'ont sortie du puits, avec tout le reste, les gravats...

— ... les squelettes de chiens, de chats, de brebis, les matelas pourris, les casseroles rouillées, les immondices décomposées... Et comment fais-tu pour la projeter ?

— Tu oublies que je suis un magicien. — Sa main sèche et chaude se pose sur mon bras : — Tais-toi, dit-il doucement, et regarde, bientôt le vent se lèvera et le mur partira en poussière.

Pour lui je n'ai jamais dansé, mais il ne semble pas m'en vouloir.

Une fine poudre dorée fait maintenant briller le mur de torchis sur lequel je continue à danser. Mon image semble venir du cœur même de cette matière souple qui fut jadis si douce pour les mains des bâtisseurs d'une architecture éphémère et sans mémoire. Petit à petit tout s'efface. Nous restons ainsi, sans bouger, jusqu'à ce que le mur soit recouvert par l'obscurité.

Lorsque nous nous penchons au-dessus du puits, l'eau purifiée reflète à nouveau le ciel et ses étoiles.

Quarante-troisième rencontre

À part mon compagnon et moi, dans la petite gare de province où le train n'en finit pas de prendre du retard, il doit y avoir à peu près une douzaine de personnes. Des jeunes, des vieux, des plus tout à fait jeunes, mais pas tout à fait vieux encore, nous en faisions partie, Criss et moi. Ces gens marchent en long et en large sur le quai, ils bougent beaucoup et, en plus de tout ce va-et-vient, il y a les pans de leurs écharpes qui s'agitent dans le vent, flottent devant ou derrière eux, sur le côté, par-dessus leurs épaules, selon la manière dont ils les ont nouées. Les trajectoires des passagers se croisent sans arrêt et cette vie propre que semblent avoir leurs écharpes à force de capter les plus petits courants d'air donne de la gaieté à ce quai banal, plutôt triste. Quoique récemment badigeonnés de blanc cassé, les murs sont recouverts de signes cabalistiques. De cet enchevêtrement de crochets, de piques, de lames, de ressorts, de chaînes, censées dire quelque chose que nous ne comprenons pas, se dégage une sorte de menace.

Je détourne les yeux et observe à nouveau les gens et

leurs écharpes. Je demande à Criss s'il ne trouve pas bizarre cette agitation excessive :

— On dirait un essaim d'éphémères.

Il me fait remarquer que dans toute la gare il n'y a qu'un seul banc, à moitié pourri, et qu'il est occupé.

Un homme et une femme côte à côte. La cuisse gauche de l'homme collée à la cuisse droite de la femme, le dos bien droit, le regard fixé quelque part derrière nous. Il reste encore de la place sur le banc et comme je commence à avoir mal aux reins, à force de piétiner, je propose à Criss d'aller nous y asseoir.

Je m'installe en bout de banc. D'un même mouvement empreint de raideur, l'homme et la femme font légèrement pivoter leur buste en inclinant la tête sur l'épaule gauche (je suis assise à leur gauche), me jettent un regard sévère puis, comme des automates, ils reprennent leur position initiale.

Criss, debout, notre sac de voyage entre les jambes, me lance un regard appuyé. Il est tout aussi troublé que moi par le couple. Leur immobilité contraste fortement avec le mouvement incessant des autres voyageurs, mais tout comme eux, ils portent une écharpe autour du cou. Bleu sombre, de la même couleur que ses yeux profondément enfoncés dans les orbites, celle de la femme pend mollement entre ses seins. Quant à celle de l'homme, plutôt un chiffon délavé, elle s'enroule étroitement autour du cou montant jusque sous le menton.

Une voix asexuée, étonnamment sèche, annonce dans les haut-parleurs trente minutes de retard supplémentaires pour notre train.

Le temps passe lentement. Finalement, Criss me demande de lui faire une petite place. Je me rapproche du couple qui ne bouge pas et nous nous contentons, tant bien que mal, d'un quart de banc.

Nous somnolons en essayant de rêver le même rêve, cela nous arrive assez souvent, mais rien ne vient et, sous la poussée conjuguée de l'homme et de la femme décidés à nous expulser du banc, nous nous réveillons en sursaut, agrippés l'un à l'autre.

— Vous ne pouvez pas rester ici, dit l'homme d'une voix enrouée.

Criss s'insurge :

— Et pourquoi pas ?

— Vous devez partir, croyez-moi, chuchote l'homme.

La femme lui fait écho :

— Vous devez partir, oui, partir.

Ils ont repris leur immobilité et fixent à nouveau quelque chose d'invisible pour nous, au-delà, bien au-delà de l'entrée de la gare.

Les lèvres de la femme remuent imperceptiblement, elle s'adresse à l'homme :

— Il faut leur dire maintenant.

Elle ferme les yeux et l'écharpe, autour de son cou, me semble soudain d'un bleu très pâle. Comme l'homme garde toujours le silence, c'est elle qui parle, sans tourner la tête vers nous :

— Ils disent que ce banc leur est réservé et ils ont enlevé tous les autres bancs. Ici les trains ont toujours du retard, alors les gens, fatigués de rester debout, viennent s'asseoir sur ce banc unique qui leur appartient puisqu'ils en ont décidé ainsi. Peut-être que quelqu'un les prévient, peut-être qu'ils nous guettent, va savoir, mais ils nous tombent dessus et ils nous saignent à la gorge.

Je me souviens des regards furtifs qui nous avaient lorgnés lorsque nous nous étions assis auprès du couple.

Lentement, avec une infinie précaution, la femme déroule son écharpe. Une cicatrice rougeâtre, boursouflée par endroits, lui barre le cou...

— La sienne, dit-elle, en défaisant l'écharpe de l'homme qui se laisse faire, est moins belle. C'était un débutant, il s'y est mal pris.

— Et les autres, tous les autres dans la gare, c'est pareil ?

— C'est pareil, oui.

— Pourquoi reviennent-ils ? Pourquoi ne pas partir pour toujours ?

— Ce n'est pas la peine, il suffit de ne pas s'asseoir.

Le bruit du train qui entre en gare nous fait sursauter. Nous n'avions pas entendu l'annonce.

— Et vous ? demandons-nous en chœur, Criss et moi.

— Nous, répond l'homme, nous en avons marre de ne pas nous asseoir.

Le quai se vide. Nous sautons dans le premier wagon qui se trouve devant nous. Au moment où le train s'ébranle, un groupe compact d'hommes vêtus de longues chemises blanches, apparus de nulle part, se dirige droit sur le banc. Immobiles, tenant chacun son écharpe à la main, l'homme et la femme les attendent.

Le train prend de la vitesse. Là-bas, sur le quai lointain, une tache claire flotte comme une nébuleuse.

Quarante-quatrième rencontre

Dans le vaste couloir mal éclairé, avec des embranchements qui ouvrent tout autant de bouches noires, et au milieu duquel j'étais seule à marcher, j'avais déjà peur avant que l'homme ne fonce sur moi. Son apparition me sembla être une conséquence logique de la peur qui me déchirait le ventre. Râblé, le visage aux traits grossièrement pétris, il m'emboîta le pas, marchant tantôt derrière moi, tantôt à mes côtés, puis m'agrippa en m'attirant à lui. Plusieurs fois de suite et à chaque fois que je me dégageais, il n'insistait pas et attendait un moment pour recommencer.

Enfin je vis quelqu'un, deux femmes, devant moi. Je les appelai à l'aide. Elles marchaient vite, très vite et s'éloignaient à vue d'œil.

D'un croc-en-jambe l'homme me fit perdre l'équilibre. Tomber aurait signifié la fin. Me redressant d'un coup de reins, j'aperçus, me devançant de quelques pas seulement, un vieux monsieur, habillé d'un manteau défraîchi qui lui battait les talons.

— Monsieur! Monsieur!

Sans me répondre, il ralentit le pas et j'arrivai rapidement à sa hauteur.

— Je ne peux pas me battre pour toi, me dit-il.

Sous le béret basque incliné dont il était coiffé, ses traits me semblaient flous, pourtant il n'était pas si vieux que je l'avais cru. Le bas du visage s'affaissait un peu, il devait avoir la cinquantaine.

Nous marchions tranquillement, côte à côte. Ma peur s'était évanouie et mon agresseur aussi. Je ne sais pas combien de temps nous avons marché ainsi en silence.

Plus tard je me découvris attablée avec lui, devant deux tasses de café. À part notre table et les chaises sur lesquelles nous étions assis, l'espace où nous nous trouvions était absolument dénué de tout décor. Un rond de lumière pâle nous entourait. Je lui avais pris les mains ou était-ce lui ? Nos mains se joignaient sur la table, les siennes enveloppant les miennes. Pour ne pas desserrer leur étreinte, je bougeais les doigts avec précaution, les étalais dans le creux brûlant de sa paume et enserrais son poignet.

Les traits de son visage restaient flous, mais la force de sa présence lui donnait une identité unique, impossible à confondre.

— Je ne te donnerai pas mon adresse, je ne peux pas te recevoir, dit-il.

Je baignais dans une tristesse sans nom, poignante et pourtant si douce que, sans lui opposer la moindre résistance, je me laissais complètement porter par elle.

Depuis, à chaque fois que je pense à lui, les larmes me viennent aux yeux. Des larmes de bonheur pour l'avoir rencontré ou des larmes de regret, le regret de n'avoir pu rester avec lui ?

Je n'en sais rien. Je crains seulement le moment — je le sens s'approcher — où je ne saurai plus me souvenir de lui. Le vide qui me restera se comblera, certes, de lui-même, mais Dieu sait avec quoi.

Quarante-cinquième rencontre

J'attendais un messager et ils m'ont envoyé une messagère. Je connais cette femme. Du temps où elle nous hébergeait tous dans sa maison délabrée et prétendait se substituer à ma mère, je l'appelais « la femme aux mitaines ». Elle en portait, soi-disant à cause de sa mauvaise circulation, je pense que c'était pour mieux s'agripper à nous. La nuit nous comptions les coups de fusil que ses fils, gardes-frontière, tiraient sur ceux qui cherchaient à s'enfuir de l'autre côté de la montagne.

Elle est venue pour négocier le retour des ossements du collectionneur de papillons, tué par ses fils, les gardes-frontière. Malgré la montagne qui nous sépare, depuis l'automne où j'ai réussi à la passer sans me faire prendre, tout se sait d'une vallée à l'autre. Ils ne doutent pas que c'est moi qui l'ai enterré, mais ils ne savent pas où.

— Les temps ont changé, nous avons ouvert un musée avec sa collection. Des visiteurs viennent du monde entier pour l'admirer.

Sa voix est différente, elle distille un sirop lénifiant, sous lequel de temps en temps je perçois le crissement métallique d'antan. Je fais comme si de rien n'était, pourtant je croyais avoir perdu la maîtrise de la duplicité absolue que je pratiquais lors de mon séjour chez elle ; la retrouver me donne une sorte d'excitation guerrière.

Je l'entends encore hurler après le collectionneur de papillons s'il osait se plaindre de la faim : « Va donc casser la pierre sur les routes, rends-toi utile, si tu veux manger, au lieu de t'amuser avec tes bestioles de merde ! » Et j'entends encore siffler les balles autour de nous, alors que nous avions déjà franchi la crête et descendions avec difficulté le sentier escarpé. Le collectionneur de papillons s'est affaissé lentement devant moi, il a essayé de s'accrocher à un gros caillou, s'est maintenu quelques instants en équilibre, a lâché prise et je l'ai vu glisser sur la pente raide, d'abord lentement, puis de plus en plus vite. J'ai repris la descente, protégée tant bien que mal par quelques rochers. Quand là-haut ils ont renoncé à tirer et que j'ai pu m'arrêter, je l'avais perdu de vue.

Plus tard, je suis revenue le chercher, des gens m'accompagnaient et ils m'ont aidée à l'enterrer.

— Les temps ont changé, mes fils aussi, ce sont de braves garçons, ils travaillent dur pour réparer et rénover la maison, ils ont même prévu une belle sépulture en marbre noir pour ton ami. En souvenir de notre amitié, tu pourrais faire un geste.

Quelle amitié ?

La voix de la femme aux mitaines se fait de plus en plus doucereuse :

— Le retour du collectionneur de papillons est important pour notre moral, notre dignité.

Quelle dignité?

Comme je lui tourne le dos, je sens monter sa colère.

— Nous sommes prêts à payer ce que tu demandes.

Maintenant qu'elle menace, je retrouve sa voix telle que je la gardais en souvenir. J'ouvre les fenêtres, une voiture, dont le moteur tourne au ralenti —au volant, il me semble reconnaître l'un de ses fils—, attend la femme aux mitaines. Mais je n'ai plus peur d'eux, dans les cours des maisons les gens qui m'ont aidée à enterrer le collectionneur de papillons sont en attente.

Au loin, à flanc de coteau, se dresse, flamboyant, le grand hêtre pourpre. Dans les nervures de ses feuilles la sève coule mélangée au sang du collectionneur de papillons.

S'ils savaient!

Quarante-sixième rencontre

La ville lui est totalement inconnue, elle vient à peine de débarquer, fuyant les violences qui sévissent maintenant dans les rues de l'autre ville, celle qu'elle connaissait dans ses moindres recoins et qu'elle avait dans la peau.

Du porche devant lequel elle s'est arrêtée, la cour baigne dans une lumière sans ombres qui lui fait espérer une possible torpeur à laquelle, soudain, elle aspire. Tout au fond, bien alignées, les poubelles ont fière allure. Elles ne débordent pas, propres, elles reluisent, comme reluisaient autrefois les meubles, chez elle, toujours parfaitement cirés. Elle s'engouffre sous le porche, avance à petits pas prudents sur le dallage sans quitter les poubelles des yeux. De si jolies poubelles ! Cette fois c'est la bonne, à l'intérieur de l'une d'entre elles se cache, à coup sûr, certainement le trésor qu'elle cherche depuis ses années d'errance.

Elle étend la main, empoigne le couvercle de la première poubelle, mais c'est déjà trop tard, un grand type efflanqué traverse la cour, suivi par un chien. Elle crie :

— Mon chien ! C'est mon chien !

Elle se réveille et sort du rêve sans le chien. Elle sait très bien qu'il était trop vieux pour voyager et qu'elle a dû mendier une bonne semaine pour avoir de quoi payer le vétérinaire. Le grand type efflanqué a renversé la poubelle sur une bâche en plastique et fouille méthodiquement son contenu. Il sort de son sac à dos crasseux un linge tout aussi blanc que le dallage de la cour, l'étend par terre, pose dessus un demi-pain à peine maculé par quelque chose qui ressemble à du marc de café, un bout de fromage dont il enlève la croûte moisie, compte les sept olives qu'il récupère une à une entre des feuilles de salade fanée, sort de sa poche une grenade, bien mûre, qu'il fend en deux.

L'efflanqué repousse les cheveux trop longs qui lui cachent le visage :

— Mange déjà, pour le reste on verra plus tard.

Elle n'ose pas lui dire combien son chien lui manque, elle rompt le demi-pain, compte quatre olives pour l'escogriffe, trois pour elle, sort de sa poche le couteau de survie qu'elle garde toujours à portée de main, coupe le fromage en deux parts inégales, garde la plus petite pour elle, comme elle le faisait du temps où elle ne se séparait pas de son chien.

Le grand type efflanqué a beau repousser ses cheveux trop longs, ils lui cachent encore le visage. Il mange les quatre olives en avalant les noyaux :

— Quand je partirai, je te laisserai le chien, dit-il.

Alors, elle s'endort lentement, serrant dans son poing les trois autres olives. Une goutte, une seule goutte d'huile s'écoule dans sa paume le long de la ligne de vie.

Le chien se blottit à ses pieds.

Quarante-septième rencontre

Qui aura fait venir les acteurs dans le verger à l'abandon ? J'avais pourtant annoncé mon désir d'aller cette semaine au théâtre, voir une pièce de mon choix, écrite par un auteur que j'aime et avec la distribution qui me convienne. J'avais aussi reconnu mon attachement inconditionnel au rideau. Levé, baissé, artifice pour marquer la frontière complice du jeu de séduction, entre deux présents différents. Ce qui l'instant d'avant était, l'instant d'après n'est plus, disparu derrière le rideau. J'avais même affirmé qu'il constituait un élément essentiel pour donner au spectateur ses lettres de noblesse, sans lesquelles il resterait un simple badaud. J'avais cru être convaincante, mais il s'avère que, malgré leurs hochements de tête approbateurs, mes amis de la presqu'île où je suis venue m'échouer n'ont pas compris mes propos. En colère, à force de les entendre répéter haut et fort qu'il s'agit, en fait, d'une intolérable hypocrisie, je m'étais peut-être exprimée de façon un peu prétentieuse et pour me punir... Les avais-je vraiment tenus ces propos ou seulement ruminés dans ma tête ?

Quoi qu'il en soit, les acteurs sont bien là, devant nous. Une femme et un homme. Couché sur l'herbe, enveloppé dans une couverture grise, l'homme nous tourne le dos. Sa tête s'appuie contre la cuisse de la comédienne assise, elle, jambes repliées sur le côté. Quelques mèches rousses, étincelantes, s'échappent de la couverture et cette tache de couleur attire nos regards, alors que l'actrice a déjà commencé à réciter son texte. Elle bouge ses lèvres charnues, les étire sur des dents trop parfaites, polies comme de l'ivoire, mais je n'entends pas le moindre son sortir de sa bouche. Pourtant le silence n'est pas pesant, l'air frémit comme traversé par le vol d'oiseaux invisibles.

Les yeux de la comédienne se sont fixés sur moi et ne me quittent plus. Je soutiens difficilement son regard, dans les profondeurs de ses pupilles dilatées règne le chaos, puis, petit à petit, des formes émergent, s'emboîtent, quelque chose de cohérent se reconstitue et je reconnais l'image inversée du verger à l'abandon. Les vieux pommiers avec leurs petites pommes fripées accrochées aux branches apparaissent à ma droite et non à ma gauche comme je les ai vus tout à l'heure quand désemparée, à la vue des comédiens, j'espérais un signe d'intelligence de la part de mes amis. J'ai beau attendre, le verger est désert, il n'y a pas trace de mes amis ou de moi-même. L'homme et la femme sont eux aussi absents et finalement cela me paraît être dans l'ordre des choses.

Je ferme les yeux, quand je les ouvre à nouveau, je suis seule, assise, les jambes repliées, au milieu de la scène plongée dans la pénombre. Autour de moi, au-dessus de moi, l'entrelacement des structures métalliques. Je me relève, les articulations engourdies, fais quelques pas hésitants. Une couverture jetée sur ses épaules, un homme sorti des coulisses s'avance, traverse le seul filet de lumière, venu de je ne sais où, qui s'oppose à l'obscurité complète et des teintes cuivrées s'allument dans les mèches de ses cheveux longs.

Pour me donner une contenance, je parle plus fort que je ne le devrais :

— Pourquoi notre verger a-t-il disparu ? Et mes amis, où sont-ils ?

— Ne vous inquiétez pas, dit-il, les décors ont été bien rangés, il n'y a aucun dégât. Par ailleurs, les figurants ont pris le bus, vous ne pouvez pas rester là éternellement. Vous êtes en fin de contrat.

La porte du théâtre se referme derrière moi, cette fois l'obscurité est sans faille. Il pleut à verse et le vent me fait presque tomber à genoux. Impossible de me repérer, je ne sais même plus si je suis sur ma presqu'île. Je ne sais même plus si j'y ai jamais habité. Les rafales se suivent, me renversent, je roule sur le flanc. Peut-être que si le rideau avait encore été levé et baissé à temps, le chaos aurait pu être évité.

C'est la dernière pensée dont je me souviens.

Composition CMB Graphic.
Achevé d'imprimer
sur Roto-Page
par l'Imprimerie Floch
à Mayenne, le 24 janvier 2007.
Dépôt légal : janvier 2007.
Numéro d'imprimeur : 67423.

ISBN 978-2-07-078170-6 / Imprimé en France.

145618